붉은노동

변창기 시집

새로운 세상의 숲
신세림출판사

붉은노동

변창기 시집

생애 첫 시집을 내봅니다.

다시, 노동해방문학을 꿈꾸며

2023년 10월경 노동자 독립언론 울산함성과 민족작가에서 공동기획하여 노동자문예학교를 열었다는 공고문을 보고 단숨에 등록하고 한 달에 한 번 있는 강의를 기다리며 시습작에 열을 올렸습니다.

1년간 수업에 참여하면서 많은 글을 써냈습니다.

그 중 박금란 시인님은 매월 빠짐없이 참석하셔서 학생들에게 시품평으로 시습작을 도왔습니다.

"변창기 님 시가 너무 좋아요."

'조금만 손보면'이라는 말과 함께였지만 언제나 칭찬과 격려를 아낌없이 쏟아부어 주셨습니다. 거기에 힘입은 걸까요?

기분이 매우 기고만장해져서 마치 진짜 시인이라도 된 듯이 글을 마구마구 써올렸지요.

그러던 중 24년 가을무렵 민족작가지 가을호에 신인작가 공모가 있으니 응모해보라 했습니다. 그동안 쓰여진 글 중 괜찮다 싶은 5편을 골라 응모작으로 보내보았습니다. 기대없이 두근두근 기다리던 중 신인상 당선을 축하한다며 시상식에 참석하라는 문자를 받고는 얼마나 기쁘던지요. 저의 글이 시가 되는 순간이었으니까요.

그걸 계기로 객기한번 더 부려보고 싶어졌습니다. 저의 글을 모아 묶어 문집으로 발간하여 남기고 싶었습니다.

박금란 시인님이 추천하는 출판사에 의뢰했습니다. 그리고 저의 시집이 생애 처음으로 발간되었습니다.

저는 이 시집을 세계노동절 135주년이 되는 25년 5월 1일에 발간 예정입니다.

올해는 아울러 전태일 노동열사가 인간답게 살고싶다고 절규하며 산화해가신 지 55주년이 됩니다.

그럼에도 여전히 노동혐오 사회가 이어지고 있고 지금도 여전히 울산에서, 부산에서, 거제에서, 구미에서, 서울에서 부당해고당한 노동자들이 또 성주에서는 성주미군싸드기지 반대를 외치며 투쟁하고 있기도 합니다.

노동혐오로 무장된 사회, 붉은 머리띠 두른 노동자의 단결투쟁을 부르고 있습니다.

노동탄압, 노동착취, 인간차별에 맞서 야비한 자본가와 맞짱뜨는 노동자, 투쟁하는 노동자는 모두가 붉은노동자입니다.

70년 전태일 노동열사 이후 수많은 민주시민의 힘으로 터진 87년 6월 항쟁에 이은 7월 노동자 대투쟁 이후에도 잡초처럼 끈질긴 생명력으로 이어이어지는 붉은노동을 보아왔습니다.

지금도 전국곳곳에서 붉은노동의 투사들의 투쟁을 봅니다.

노동해방 사회가 올 때까지 투쟁!

2025년 5월 1일
세계노동절 135주년에 즈음하여
비정규직 노동자 **변창기** 드림

제 2 장 **노동시**

|차|례|

제 3 장 생활시

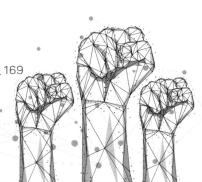

제 1 장

민족시

기괴한 나라 해괴한 나라!

어려서 본 연속극 전우
그것은 평화가 아니었구나
어려서 본 만화영화 똘이장군
그것도 평화가 아니었구나
국민학교 시절 줄기차게 행했던
반공표어 반공포스터 반공웅변대회
그것도 평화가 아니었구나
평화의 댐 건설 금모으기 운동
그것도 평화가 아니었구나
반공을 이념으로
멸공을 국시로 삼고서
독재권력의 기틀을 다진
매국노 지배자들의 탐욕이
선한 동심까지도 피멍들게 했더구나

오래전부터 조선은 하나였었다
일제시대때도 조선은 하나였다
일제시대가 끝나고 미제시대가 도래하더니
어느날 갑자기 조선은 둘로 갈리고 말았더구나
미국과 소련에 의해 분할통치
자본주의와 사회주의 지배계급에 의해 서로 한치의 양보도 없는
치열했던 한겨레 전쟁 한민족간 전쟁
동족상잔의 비극을 거치고 70년 넘게 분단화라니?

남북이 서로 갈려 서로 다른 이념 서로 다른 정치 서로 다른 생활방식
우리는 진정 끊어진 다리던가?
다시 철조망 걷어내고 끊어진 다리 이으면 될텐데
그게 그렇게도 어려운 일이던가?
조선인민공화국 대한민국
서로 자유를 외치고 통일을 주장하지만
외세군이 군사통치 구도다

삼팔선 분단의 유일한 남북통로 판문점이란 길목엔 미군이 서있더구나
미군의 허락 없이는 누구든 접근금지지대
한국땅 수십곳에 미군부대가 있더구나
이나라는 미군이 통치하는 나라였던가?
미군은 용산부대 반납하고 평택 미군기지 새로 만들면서
미군기지가 입주한 나라 수백곳중 유일하게 가장 크다더라
주소도 미국주소라더라
한국 곳곳에 있는 미군부대 인근에선
쉼없이 크고 작은 미군 범죄가 일어난다더라
한반도가 분단되어 있어야
미군이 주둔해 있을 수 있으니
미군이 있는한 한반도 평화도 통일도 없다
매국노에 지탱되어온 한국의 정치구도 속에서
무슨 평화가 있을 수 있고 통일을 이룰 수 있을까?
한국은 아무리 생각해도 정말이지
기괴한 나라
해괴한 나라다

이분법

이분법이 통하는 사회였더라
한국에서 태어나고 환갑이 넘도록 살아보니 그렇더라
화전민 부모슬하에서 나고 자라서
부자한번 못되어 봤고
사장한번 못해봤더라

궁핍을 좇아 살아온 터라
어떤 때는 쑥맥으로
어떤 때는 멍청이로
가방줄 길고 약삭빠른 똑똑한 자들
틈바구니에서 소심함과 노비근성에 길들여진 채로
근근히 노동으로 생계유지가 다였더라

무식에 쩔어 살아온 세월
각자 도생 자본주의 천민자본주의
늘그막이 되어서야 알게된 내처지
노동자!

한평생을 노동자로 살아왔다만
자본가계급의 역습에
노동자인지도 인지못하고 살아왔음이야

몸도 둔해지고

정신줄도 낡아지고

남이 알지못할 여러 병증이 생기고

머리카락이 모두 파뿌리같이 하얗게 바뀌고나니 이제서야 뒤돌아보게
되네

혈기왕성한 때 가족을 만들고

그 가족 먹여살리려고 발버둥치며 살아온 세월이 낡은 내 몸뚱이로 남
았더군

이제서야 세상을 사회를 조금은 알게됐지 뭐야

정치지배층인지

종교지배층인지

자본가계급에 의해서인지

끊임없도록 지속적으로 이분법을 만들고 세뇌시켜 민중의 저항권을
약화시키고 있다는 사실을

속아왔고 속고있고 앞으로도 속을 것이고

이분법

명백한 듯하나 인간의 다양한 결정권을 개무시하는 법 어리석게하는 법

이분법

흑백논리가 그렇더라

극우극좌 논리가 그렇더라

마치 정치가 사회를 통솔하는 것처럼

세상엔 마치 정치만 있는 것처럼

속임의 연속

정치패거리 난장판을 지켜보며

국회라는 정부라는 유리관 속을 들여다보며 탐욕의 눈초리로 낄낄거

리며 이분법 청색과 홍색 양날의 부채질로
　난장판이 지속가능하도록
　그 계급의 목적은 단 하나 이윤추구!

　정경유착!
　자본가계급은 정치계급을 이용해먹고
　정치계급은 자본가계급에 기생하며
　이 사회를 이 나라를 작동시키네
　더 뒤에 숨어 배후조정하는 미국!
　미국식 자본주의!
　노동착취에 노동탄압에 인간차별!
　오로지 자본가계급의 이윤추구를 위해 복무하는 뭉침

　단 하나의 이분법이 작동되는 대한민국이더라
　흑과 백이니
　좌우익이니 모두 개소리에 지나지 않아
　독사의 혀놀림에 더이상 속지마
　불여시의 속삭임에 더이상 놀아나지마
　다들 친자본 반노동 악마들의 달콤한 속삭임이야

　이분법 단 하나
　자본가계급 대 노동자계급
　다른 건 없어 모두 허구야
　자본가계급은 이윤추구를 위해
　노동자계급을 속여왔고 지금도 속이고 있고 앞으로 더 극악무도하거
나 더 야비한 술책으로 속일 것이야

자본가계급은 마술사지
황홀한 자본주의 사기마술에 90% 넘는 노동자가 속아넘어가고 있는
게 현실이야
그래서 자기가 노동자이면서도 노동자임을 망각하고 친자본 반노동
속에서 헤매지
그러니 노동자세상이 올리가 있나

더이상 자본가에게 세뇌되지말고
이제부터 노동해방 철학을 학습하자고
노동자세상 만들어야지
노동해방 사회를 건설해야지
이런 사악한 자본주의 사회를 엎어버리고
노동자계급의 대동단결 대동세상 쟁취해내야지
먼저 자본주의 철학서부터 찢어발기세

주한미군아 윤금이를 아느냐
- 누이 피살 32주년에 부쳐

미군아 윤금이를 아느냐
요즘 미군아 윤금이를 아느냐
너네 양아치 같은 선배가 저지른 천인공노할 살인사건을
니놈들은 아느냐

그날이었지 아마
1992년 10월 28일 밤
당시 처자나이 스물여섯
동두천 미군기지 기지촌
마치 일본군 위안소 같은 곳
성욕에 불타 찾아온 놈 미군 케네스마클 이병
갓 스물이었다지 아마
아! 미군부대는 잔인한 살인범 양성소인가
여섯살이나 위인 누나를
지맘에 안들게 해준다고 잔인하게 살인을
잔혹하게 살해를

야 이 개양아치 미군아 추한미군아
니보다 누님을 니맘에 안들게 해준다고 열받아
그토록 잔인하게 살해해도 되는거니?

야 이 개버러지 같은 미군아 주한미군아
그게 인간이 할짓거리였니 할짓거리였어?

봐라 똑똑히 봐라
그날에 니놈이 한 짓거리를
32년 지났다고 까마득한 옛시절 이야기라고
기억이 안난다고 오리발 내밀거니?

니가 찾아간 금이는 그날 몸이 안좋아 쉬고 싶었어
갈보노비가 감히 누구앞에서 거부해
맥없는 금이누이에게 옆에 있던 콜라병으로 머리를 수차례 가격
결국 죽게했지
거기다 군홧발로 온몸 피멍들게 구타했다지
니놈은 살인을 저지르고도
증거인멸을 위해 노력했더군
금이누이가 빨래하려고 사다둔 가루비누를
얼굴과 온몸에 들이 부었다지

그게 끝인가 아니
더 끔찍한
괴기영화에도 안나오는 잔인한 끔찍함
입안가득 성냥개비 쑤셔넣었고
자궁안까지 맥주병 2개를
생식기엔 콜라병 1개를
항문엔 긴 우산까지?
그러고도 니놈이 사람이냐
그러고도 니놈이 인간이냐

2024년 10월 28일 되면
미제식민 여성 윤금이 누이가

20살 미군에 살해당한 지 32년이 되더구나
가해자 미군 보고있니?
한미군사협정에 한국 경찰과 법정은 미군처벌 안된다며?
범죄미군처벌대책위 꾸려 투쟁하니 어쩔수 없이 법정공방
15년형 받고 미군전용 감옥살이
온갖 특혜 누리다 14년째 어느날 구속취소되고
곧바로 미국으로 도주했다지

한국 여성 살해하고 간 미국에서
니놈은 잘살고 있느냐?
서른두해가 흘렀으니 이제 니놈 나이도 52살이겠구나
윤금이 누이는 살아계셨음 58살이었을텐데
니놈은 어찌살고 있느냐
백인이니 백인여성만나 결혼하고 자식낳고
알콩달콩 잘살고 있느냐
이 개호로자식아!

미군아 주한미군아 추한미군아
윤금이를 아느냐
요즘 주한미군들아
너네들은 윤금이를 아느냐
미제식민 누이가 너네 선배놈에게
끔찍하게 농락당하고 살해당했다는 사실을

주한미군부대는 범죄자 양성소
천벌을 받고도 남을 나라가 미제국이건만
천민자본주의 사회를 통솔하면서 자본가만 잘 사는 나라

세상에서 가장 뻔뻔한 나라
세상에서 가장 야비한 나라
세상에서 가장 교만한 나라
그나라 미국!

주한미군은 한국을 지켜주고
한국의 군인 경찰 매국노 정치꾼은
동맹혈맹하면서 미군을 보호해준다
참 희안한 나라다
미군추방!
주한미군추방!
추한미군추방!

다시보니, 아! 육이오의 노래

　박두진 작사 김동진 작곡 어린시절 국민학교 시절 중학교 시절 해마다 6월이 오면 수업시간마다 강제로 연습시키고 불려졌던 노래 50년 세월이 흐른 오늘 다시 들어 보았다

　아! 50년만에 다시 들어보니 살벌하다 잔인하다 처참하다 이게 동요라니…

　1950년 6월 한민족 전쟁이 터지고 1년후 만들었고 보급되었다는 노래 노랫말 군인과 어린 학도병들이 그 노래를 들으면서 얼마나 감정속 적개심을 불태웠을까?,

　1945년 8월 15일 조선땅에서 일본군이 철수하더니 느닷없이 들이닥친 미군 민족해방 기쁨이 생겨나기도 전에 일본군의 총칼에서 미제용 총칼찬 친일깡패들에 의해 외세 몰아내고 자주독립국 건설하자는 인민을 향해 무차별 학살이 이어지던 5년후 그때가 1950년 6월 25일 자국민 학살하면서 미제 등에 업고 북진통일 외치던 리승만 괴뢰도당 쳐부수고 인민해방을 위해 선제공격 강행했던 조선인민해방군

　인민을 무차별 학살하고 괴롭히던 일본파 매국노 군바리들 부산까지 밀리니 매국노 친미파 정치세력 미국에 군사작전권 헌납할테니 인민해방군 좀 막아주소 일본파 군대로는 감당불가요 일본을 핵폭탄 두방으로 잡아먹고 호시탐탐 조선까지 노리던 미군부대 드디어 조선진출 기회잡은 맥아더 인천상륙작전의 성공으로 남북동시 치고박기로 인민해방군 학살

　일본은 조미전쟁에 군수물자 미국에 수출하면서 경제발전 급성장 시키고 미국 본토 무기업체 석유업체 생필품업체 농수산물업체 모든 기업 경기침체 경제공황으로 망하기 직전 경제활성화로 경제공황 급반전 일

본에 이어 조선까지 잡아먹으러 온 악마국 군대 미군 우리는 조선을 점령했다

　조선여인은 미군것이다 맘대로 농락하라 반항하면 죽여도 좋다 맘껏 성노리개로 삼으라 맥아더 한마디에 미군들 환호성 미국 본토에서 태평양 건너온 항공모함에 잔뜩 신고온 전쟁무기 남이고 북이고 봐주지 마라 일본인과 친일파는 보호하고 한반도 전역을 불바다로 만들어라 쑥대밭을 만들어라 미군은 점령군이지 해방군이 아님을 보여줘라 출격하라!
　이게 사실이고 진실이거늘 노래 6.25는 섬뜩하다 누굴 어딜 겨냥하는가
　'아 아 잊으랴 어찌우리 이날을', '조국을 원수들이 짓밟아 오던날을' 무엇을 잊지말자는건가? 누구의 조국이고 누가 원수며 뭘 짓밟아 왔다는건가? 미군정은 괴뢰도당 리승만으로부터 군사통치권을 넘겨받고 한반도 전역에서 맘껏 폭력갑질을 일삼았다 하다못해 중고생 청소년까지도 강제로 소집하고 간단히 군사교육 시킨후 전장터로 총알받이로 내몰았더구만 대부분 젊은 여성은 양공주로 성노리개로 팔려가 버림받았더구만 그게 일본파 국군과 미군이 자행한 만행이었다
　맨주먹 붉은피로 원수를 막아내어 '발을 굴러 땅을 치며 의분에 떤날을' 미군이 점령하여 한반도 전체를 미국 소유물로 삼고자 북침전쟁 감행한건데 누가 누굴 막고 의분에 떨어?
　'이제야 갚으리 그날의 원수를 원수를', '쫓기는 적의무리 쫓고 또 쫓아', '원수의 하나까지 쳐서 무찔러', '이제야 빛내리 이나라 이겨레'

　그래 노랫말 대로 미군은 한반도 전체를 초토화 시키고 쑥대밭 만들었지 조선민에 대해서는 빨갱이 사냥이란 이유를 내세워 반미항쟁하던 자주독립투사를 모조리 몰살시켜 버렸어 스스로 빨치산이 된 인민은 그렇게 학살당했던 것이야 미군만세! 국군만세! 전향서 쓰고 그렇게 외치면

살아 남을 수 있었지만 빨치산 인민은 점령미군 물러가라고 외치며 장렬히 산화해갔어 6.25 의 노래가사를 살펴보자

625의 노래 (박두진 작사, 김동진 작곡)

아아 잊으랴 어찌 우리 이 날을 조국을 원수들이 짓밟아 오던 날을 맨주먹 붉은 피로 원수를 막아내어 발을 굴러 땅을 치며 의분에 떤 날을

〈후렴〉 이제야 갚으리 그 날의 원수를 쫓기는 적의 무리 쫓고 또 쫓아 원수의 하나까지 쳐서 무찔러 이제야 빛내리 이 나라 이 겨레

아아 잊으랴 어찌 우리 이 날을 불의의 역도들을 옛도적 오랑캐를 하늘의 힘을 빌어 모조리 쳐부수어 흘러온 값진 피의 원한을 풀으리

아아 잊으랴 어찌 우리 이 날을 정의는 이기는 것 이기고야 마는 것 자유를 위하여서 싸우고 또 싸워서 다시는 이런 날이 오지 않게 하리

이 육이오 노래는 전쟁시기엔 군인들에게 더는 학도병에게 주입시켰어 이는 점령군 미군을 해방군으로 착각하게 세뇌시키고 매국노 가득한 군대를 애국군대로 착각하게 하고 한겨레 지키려 투쟁했던 인민해방군을 악귀같은 적으로 왜곡날조조작 시켰어

지금도 매국노들은 빨치산을 용납안하려 해 그것이 국가보안법이야 하지만 꼭 알고있기를 진실은 침몰하지 않는다는 걸 민족해방은 반드시 온다는 걸 자주독립은 반드시 이루어 진다는 걸

대 한 민 국

민주주의는
민주주의는 둘로 갈린다
자본가계급의 민주주의냐
노동자계급의 민주주의냐

민주주의는 둘로 갈린다
부자들의 민주주의냐
가난한 자들의 민주주의냐

민주주의는 둘로 갈린다
자유민주주의냐
인민민주주의냐

민주주의는 둘로 갈린다
사악한 놈들의 민주주의냐
청렴결백한 사람들의 민주주의냐

민주주의 공화국은 둘로 갈린다
매국노 공화국이냐
한민족 공화국이냐

전자는 옳지 못하다
그래서 추천 못한다

후자는 옳다
그래서 추천한다

하지만 애석하게도
후자쪽 정치인 경험을 한번도 해본 적 없다
훗날 어느 시절에 천사 같은 정치인이 나타나려나

한국 국군의 날 역사가 궁금타!

오늘 국군의 날?
쉬는 날!
그 뿐?

오늘을 살아가는 우리는 국군의 날을 제대로 알고 있을까?
온통 매국노 뿐
미제국 지원받아 반공을 국시로 만든 군대
미국식 자본주의에 세뇌된 군대조직
절대다수 일본군인 출신 장교들
지주아들 건물주 아들 일제때 완장찬 친일파들
자식들 모아 3개월 단기교육후 장교로 임명
그리고 없는집 자식들 못배워 무식한 젊은 사람들 모아 총알받이 병사로
당시 군사교육 핵심
빨갱이를 죽이자! 고
빨갱이 아니고 돈없고 빽없고 배운거 없으면
빨갱이로 몰아 죽이자! 는게
미국이 지원하고 이승만이 한국군 만든 배경
그렇게 창설된 일본식민으로 보고 다시 미제식민된 남조선의 군대창
설설
61년 5.16 군사쿠테타로 정권찬달한 일본군 장교출신 군장교 다까키
마사오
그때 육사생도 전두환 학도들 이끌고 나와 쿠데타 지지시위주도
이름 바꿔 박정희 정권

반공을 국시로 반북을 국정운영 목표로
자주국방 내세웠으나 아니!
일본식 자주국방으로!
1956년 공식 세워졌다는 국군의 날
50년 미국과 조선의 전쟁중 부산까지 밀리다
분단원흉 맥아더 미군대장의 인천상륙으로
다시 서울수복한 날 10월 1일로 국군의 날 지정
거기서 키워진 더 잔인하고 야만의 괴물이 났으니 전두환, 노태우
광주민 학살을 묵인했던 미군은 더 큰 살인마!
기세등등 광주민 학살을 진두지휘했던 살인마 전두환!
같은 동족을 어찌 죽이냐는 특전사 군바리들
독한 양주 퍼먹이고 잠안재우는 폭력으로 북한에서 간첩내려보내 광
주민 꼬드겨 난동피우는 거라고 세뇌공작
결국 무자비한 총기난사질 대검으로 찔러죽이고 개머리판으로 머리통
박살내 죽인 야만군된 국군
그 국군의 뿌리 일본군 뼈속깊이 뿌리박힌 반공 미군
잔인한 정신
무자비한 육신
그렇게 일본군과 미군으로 섞어찌개로 개조된 한국군
빨갱이로 둔갑시켜 버리면 어린 여성까지 겁탈하고 죽여도
어린아이까지도 칼로 난도질해 죽여도 무죄
그런 천인공로할 학살을 자행해도 일계급 특진하고 훈장받고 죽으면
현충원에 묻어주었지
지금 이날만 되면 현충원에 국가 차원에서 예를 갖춘 행사를 진행한다
만 내가 바라보는 현충원 무덤속엔
그저 매국노로 가득할 뿐!

백골단 부활

치떨린다 백골단 부활
그때 그시절
당신들 20대 우리도 20대
노학연대가 불타오르던 90년대 초
가두투쟁이 시작되고
최류탄 지랄탄이 그 큰 도로에 범람하고
투석전이 벌어지고 쫓고 쫓기던 그 때
머리에 하얀뚜껑쓰고 한손엔 몽둥이 들고
청바지 입고 중무장한 채
쏜살같이 달려오던 날쌘 당신들에 대한 두려움
붙들리면 두들겨 맞아 골로간다고
그렇게도 잔인했던 살인적인 국가폭력성은 합법이던가

이제 나도 늙어버린 나이 육십대
당신들도 한세월 먹었으면 그나이 되었으려나
나는 아직도 노동자로 살아간다만
그때 그시절
온 몸 피터지게 두들겨 패맞아도
폭력처벌 안받던 당신들
백골단이라 이름하던데
지금 당신들 어디서 뭐하며 살고있으려나

다시 소름돋는다 백골단 부활

민주화 투쟁하던 노동자 학생들
지배계급 명령에 따라
반병신되게 패딲던 그 손으로
어드메서 뭣하며 살아가고 있으려나
백정이라도 되었으까나

2025년 1월 9일 국민의힘 당
어느 여자 국회의원이
국정파괴로 국회에서 탄핵당한
내란수괴 우두머리 지켜준다며
정치깡패 백골단 부활시키겠다고 하니
갑자기 궁금해지네 그랴

사상의 자유!

자본가의 이념은 옳고
노동자의 이념은 그르냐?

지배자의 이념은 옳고
민중의 이념은 그르냐?

건물주의 이념은 옳고
세입자의 이념은 그르냐?

반공의 이념은 옳고
친공의 이념은 그르냐?

친미의 이념은 옳고
반미의 이념은 그르냐?

친일파 이념은 옳고
반일의 이념은 그르냐?

지주의 이념은 옳고
농민의 이념은 그르냐?

친자본 이념은 옳고
반자본 이념은 그르냐?

반노동 이념은 옳고
친노동 이념은 그르냐?

사상의 자유 있다면 노동해방 사회가 왔을 것이다
사상의 자유가 있다면 민족해방 사회가 되었을 것이다
사상의 자유가 있다면 농민해방 사회가 왔을 것이다
사상의 자유가 있다면 빈민해방 사회가 되었을 것이다
사상의 자유가 있다면 여성해방 사회가 되었을 것이다
그러니 여기
미국에 종속된
일본에 종속된
천민자본주의 정치
그 예속된 정치사회 속에선 없다.
사상의 자유가!

매국노 한을 향한 외침!

야 이 뻔뻔하고 한심스런 골빈 매국노야!
늬들과 소통안되면 간첩이냐?
늬들과 불편한 관계면 간첩이냐?
늬들과 안통하면 간첩이냐?
늬들을 거부하면 간첩이냐?
늬들을 반대하면 간첩이냐?

또다시 빨갱이 놀이냐?
또다시 좌익 놀이냐?
또다시 간첩몰이 조작사건 놀이더냐?
국가보안법 매국노 지키미 법 놀이에 재미붙였냐?

미제간첩질하던 리승만 매국노처럼
일제간첩질하던 다카키마사오, 전두환, 노태우, 리명박근혜처럼
또다시 반미 자주독립국 외치는 민주시민을
또다시 왜세 몰아내고 자주민주평화통일 이루자는 민주시민들 빨갱이
로 몰아 학살할 셈이더냐?
  야 이 파렴치하고 양심머리없고 대머리까진 한 머시가! 파멸! 매국노
집권세력들아!

매국노 사회에서의 애국?

매국노 사회다
매국노 정치꾼이 판치는 사회다
매국노 댓글부대가 활개치는 사회다
매국노 언론이 방방뜨고
매국노 지식인이 춤을 춘다

이 어두운 사회
이 암울한 사회
자본천국 노동지옥의 사회
이 절망스런 사회에서 민주시민이 할수 있는 애국의 길은 뭘까?

반미투쟁이 애국의 길이다
반일투쟁이 애국의 길이다
반자본 노동해방 투쟁
매국노 척결투쟁
분단세력 몰아내기 투쟁
하나된 조국
하나된 겨레
하나된 민족해방 투쟁
민주시민 의식화되어 깨어있는 주민들의 항쟁 그것이 애국의 길!

민족화해
민족화해

조선은 본래가 하나였다
민족을 분단시키고 와해시키려는 세력이 있다
그들은 누구던가
조선시대 일본에 침략당한 후
일본에 부역한 놈들이 그들이었다
친일파라 불리웠다

1945년 8월 15일
갑자기 점령군 일본이 가고
미국이 쳐들어왔다.
일본에 이어 침략한 미국은
일본을 먹고나니 조선이 이미 일본에 먹힌 상태네?
그래서 당연히 조선도 미국이 먹는다는 게 미국의 이유였다

미·소 냉전시대의 산물!
한반도는 미·소가 분할통치한다!

독립국 되기도 전에 분단이라니?
다시 대한독립만세!
인민은 싸웠다
분단획책 반대!
자주독립국 쟁취!

친일세력은 분단세력이 되어
외세반대 자주독립국 쟁취 외치는
인민을 무차별 학살했다

반공반북을 국시로
미제앞잡이가 된 분단세력은
민족와해자로 둔갑해 민족화해자를 짓밟았다

친일친미 분단세력 매국노의 승리
멀어져만 가는 한겨레 한민족 평화통일 자주독립국 쟁취

아직 민중은 살아있다
한줌의 분단세력 매국노 몰아내고
우리민족끼리
한겨레 한민족 자주민주평화통일로 자주독립국 쟁취!

미국은 한국을 뭐로 여기나?
식민지로 여긴다
친일파는 힘있는 미국에 빌붙었다
그들은 친미파라 불리운다
자신의 안위를 위해 득세할뿐
나라의 존립은 외면한다

반공반북으로 정신무장한 그들은
매국노라 불리운다
자주독립 대신 식민지배 당하는 걸
즐기는 잡것들

친일친미 매국노 분단세력 쓸어내고
민족와해분자 척결하고
자주민주평화통일 자주독립국
민족화해의 장을 열어제끼자

다시, 빨치산 정신무장으로!

일본 식민지 시대
조선민 수탈 약탈 학살 학살 학살
일본식 제국주의
일본식 자본주의가 그리도 사악한 것이더냐
일본을 위해 조선을 버린 친일파들
동족엔 그리도 살벌하게 대하고
일본엔 머리 조아린 매국노
그건 아닌데
그건 아닌데
일본군에게 매국노에게 몽둥이로 몰매맞아 죽기 전에
칼맞아 목 날아가기 전에
총맞아 심장에 구멍나 붉은 피 콸콸 쏟으며 죽기 전에 가자 산으로

일본통치 사라지더니 미군통치라
이무슨 맑은 하늘에 날벼락이더냐
그토록 대한독립만세를 울부짖었건만
조국의 독립은 오지않고 다시 미제 식민지
일제 억압착취 피해 산으로 입산
미제는 괜찮으려나 하산
마을에 내려오니 똑같네
매국노 그대로 판치고
미군뒤에 숨어서 몽둥이질 칼질 총질도 그대로네
일본에 질려버린 민중학살 인민학살

미제도 제국주의 일제와 별반 다르지 않아
미제가 한반도 침략한건
미국식 자본주의 사회를 만들고자 함이었어

인민이 살아 숨쉬는 나라 만들자
민중이 억압착취 당하지 않는 나라 만들자
다시 입산
매국노와 침략자 미국과 치열하게 싸우다 가자
일제통치도 온몸으로 거부한 것처럼
미제통치도 온몸으로 거부하자며
스스로 빨치산되어 가열차게 투쟁하시다 산화해가신
민족해방
인민해방
민중해방
노동해방
된 사회 만들기 위해
다시 빨치산 정신무장으로 단결해보자

정치무심

주권자 여러분
정치에 관심을 많이 가집시다
주권자가 정치에 무관심할수록
서민층과 노동자계급만 먹고살기 힘들어집니다
서민층은 힘들어지고
노동자계급은 생존권이 위협당한다는걸
우리는 친자본 반노동 정치권력을 통해 처절하게 겪어오지 않았겠습
니까

주권자 여러분
우리도 정치에 지대한 관심을 가져야 합니다
그래야 가진 자만을 위한 정치
자본가 앞잡이 노릇하는 정치
술주정 정치
사기꾼 정치 모리배들을 얼씬도 못하게 할 수 있을 것입니다

주권자 여러분
우리들의 정치 대표를 잘 뽑아야 하지 않겠습니까
청렴결백한 정치
서민을 돌보는 정치
노동자 권리를 보장해주는 정치
누가 이런 참좋은 정치인인지
두눈 부릅뜨고 지켜보는게

주권자의 정치도리 아니겠습니까

서민층 주권자가 월등히 많은 민주사회
노동자계급 주권자가 절대다수를 차지하고있는 민주주의
우리를 위하는 정치권력을 만들어봐야 하지 않겠습니까

언제까지 꼴통들에게 나라맡겨 사기꾼들의 놀이터로 있게 하겠습니까
언제까지 사리사욕에 눈먼자에게 정치권력 맡겨 천민자본주의 나라
지탱시키는데 혁혁한 공을 세우게 하겠습니까
언제까지 술주정꾼에게 정치맡겨 이나라를
야비하고 교활한 접대부정치 술판개판정치 하는걸 내버려 두겠습니까
더이상 자본가계급이 판치는 야비한 정치 교활한 정치 두고 볼 수만은
없지 않습니까

노동자계급 서민층 주권자시대를 열어 제낍시다
우리가 나섭시다
그리하야 누구나 정치후보 나서려면 청렴결백해야 가능하게 만듭시다
거기다
노동자계급 만세!
노동해방 투쟁!
이렇게 외치는 정치후보자 있다면
그야말로 금상첨화 아니겠습니까

제 2 장

노동시

조지나 공장!

그땐 그랬다 그렇게 불리웠다
조지나 공장
왜 그랬을까
거기 들어가 일하게 되면
인생 조져났다고 그랬을까

1972년 3월 23일에 창업된 거라는
울산 현대 조선소
일할사람 없어서 시골다니며 인부 긁어 모았다며
노동자 모두 개취급 받던 시절이었다며
일하다 사고나 죽어도 개 값이었다며

자본가야 정치꾼과 합세해
도전정신 개척정신으로
욕망의 화롯불 태울 때
노동자는 기계취급 짐승취급 당하며 일했더라고
그야말로 촛뺑이치며 주야로 일하니
생명줄 남아 나겠냐고
줄줄이 줄줄이 과로사 과로사

서슬퍼렇던 군사독재시절 경제발전 먼저라고
노동자 단결투쟁 못하게 가로막고
반공이념 교육강화 간첩몰이 빨갱이 사냥

잡혀가면 골로가던 시절
고문당해 반병신 이를 어쩌나 이를 어째

노동자를 개잡듯이 잡으며
노비로 여겼던 시절
빨갱이로 비쳐질까 무서워
찍소리도 못하고 생존하던 시절
반항하다 몰매맞고 쫓겨나던 시절
그 좆이나 공장
지금의 현대조선소 재벌기업

자본가는 그 조지나 공장에서 돈벌어
한국에서 제일가는 재벌이 되었건만 그
자본가가 그러더구만
"나는 돈많은 노동자"라고? 지미럴!

그래 72년 3월 23일 창업된 조지나 공장
국가권력 등에 업고 해외자본 끌어들여 만든 기업
노동자 벼랑끝 노동착취 전술로
허벌나게 돈벌어 창업자는 돈방석에 앉았고 노동자만 죽어나갔고
그렇게 자본가는 정경유착으로
세계적인 재벌기업 되어 3대를 대물림하며
그 명성을 이어간다만

노동자는?
아직 난 한번도 들어 못보았네
좆이나 공장 다녀서

부자되었다는 노동자를
어제도 오늘도 일하다
산업재해로 사망했다는 노동자 소식만
조지나게 들려올 뿐

세상은 어찌 이다지도 불공평한가!

24년 9월 28일(토) 특근 출근

오늘로 정년퇴직 95일 전

오늘 전국 동시다발로 친자본 반노동 민생파탄 윤석열 정권퇴진 시국
대회가 열린다.

울산은 16시 30분 삼산에서 진행.

처음엔 오늘 특근마치고 퇴근하면서 삼산시국대회나 가볼까 하다가
발길을 돌렸다. 어디로? 현자노조 사무실로. 왜?

그곳에 쥴리공 정권 몰아내는 것보다 더 시급하고 더 위급하고 절박한
현실에 처한 비정규직 노동자가 피난 투쟁을 진행하고 있기 때문이다.
바로 이수기업 노동자들

대규모 집회엔 나 하나 안 참석해도 많은 인원이 모일거다. 노동계를
비롯하여 진보계, 재야단체, 야권정치인들도 집결하겠지?

그러나 정규직 집행부가 미출근하는 휴무날 텅 빈 그곳에서 오도가도
못하고 피치못할 감옥살이 신세 비정규직 노동자들.

9월 말에 정리해고로 몰려 짤린다하니 이건 원청자본의 보복, 비정규
직 노조를 없애려는 음모, 응할 수 없다. 생존권 사수투쟁 시작. 고용보
장 될 때까지 우린 투쟁한다고. 장기전 준비하러 들어간 곳. 정규직 노동
조합. 강제로 쫓겨날 수 없어 비상대책으로 선택된 장소, 현자노조 집행
부, 비정규직도 함께 살자. 살고 싶다. 인간답게.

그렇게 모여있을 비정규직 노동자들. 나도 일찍이 정리해고 당해보아 아는 마당에 그 불안한 심정을 못 헤아리면 인간도 아니지 하는 내 생각이 그리로 발길을 돌리게 했다.

휴일 그들은 어찌 지낼까?
먹는 건? 자는 건?
찾아가 물어봐야겠다.

가을 하늘이 높고 푸르다.
솜처럼 하얀 구름이 뭉게뭉게 떠다니니 참 평화로움을 느낀다. 그도 잠시.
15시 30분 퇴근 후 곧바로 가본 그곳은 전쟁터 그 자체였다. 이게 무슨 소리고?
그 이야기를 지금부터 해보려 한다.

전쟁터 같았다. 9월 말로 예정된 정리해고로
비정규직 노동자는 원청사의 모진 탄압을 피해 피난처가 될 정규직 노조로 피신해 있었다.
자연도 정규직도 모두 평온할 이때 어찌하여 그들은 그들만의 고립된 전쟁을 치루고 있을까?

어떤 이유로 발발된 원청사의 보복 탄압으로 밖엔 설명 불가다.
자본가의 이유 없는 노동자의 생존권 박탈 행위는 행위 중에 가장 파렴치한 행위다. 해고는 살인이다!

오래전부터 들어온 노동자의 처절한 구호가 오늘날까지도 들려온다는 건 아직도 이 천박한 자본주의 사회는 건재하다는 반증이다.

비정규직 노동자의 삶을 황폐화시키는 방법 말고 고용승계로 이어지
면 안 되는가?
꼭 그리 비정규직 노동자의 생명줄을 끊어놔야만 자본가는 속이 편하
던가?

15시 30분에 도착한 곳
현자노조 회의 공간 그곳에 9월 말 정리해고 당하게 될 비정규직 노동
자 십수 명이 앉아 있었다.
여성 노동자와 잠시 이야기를 나누다 보니 비지회*에서 저녁을 먹자고
했다.
내 껀 없었다. 비정규직 노동자는 밥과 반찬을 조금씩 덜어 같이 먹자
고 했다. 밥 먹고 나니 잠시 후 회의한다고. 기다려본다.

비정규직 노동자의 부당해고 복직투쟁은 그렇게 시작되고 있었다. 정
규직에겐 자유왕래 공간이지만 탄압을 피해 피난처로 찾아온 비정규직
노동자에겐 감옥 아닌 감옥이다.
10월부터
원청노조 사무실 밖으로 나갔다가 자칫 회사 경비대에 붙들리면 쥐도
새도 모르게 정문밖으로 쫓겨날 것이고 블랙리스트 때문에 다시는 현대
차 안으론 못들어 올게 뻔하다.

해고는 살인이다.
우리는 고용승계될 때까지 투쟁할 것이다.

---

* 비지회(비정규직지회)

현자노조 안 어느 공간을 피난처 투쟁처로 삼은
9월말 정리해고 통보받은 비정규직 노동자의 굳센 열망이다.
현대차 사용자는 응답하라!
투쟁!

퇴근하기 미안타. 늦은 시간까지 있게될거 같다.
잠자리가 불편한 상황.
휴일이면 먹어야 할 음식도 문제다.
경비가 막으면 어쩌지?
집행부가 도와주려나?
조만간
10월 1일과 3일, 4일, 5일, 6일이 빨간날.
노조에 간힌 채 지루한 나날을 보내야 할 실정이다.
걱정이 앞선다.

사용자는 집행부에 비정규직 노동자가 회사 건물에 무단점거했다면서
퇴거를 요청하고 있단다. 무단점거라니?
현대차 폭력갑질이 무서워 현자노조로 피난간건데?
왜 거기로 들어갔냐고?
같은 금속노조니까!
노동자는 하나다!
됐냐?

하청업체 노동자

어느날
원청업체에서 특정업체를 지목해 계약해지 해버렸다.
계약해지 당한 하청업체는 곧바로
소속 노동자에게 정리해고 통보를 했다
소속노동자 40여명은
하루아침에 잘 다니던 직장을 잃게 되었다

원청사는 손쉽다
계약해지 통보 해버리면 끝이다
가장 큰 피해는 노동자가 본다
당장에 가족의 생계가 위협으로 다가온다
그래서 그런 말이 생긴건가
해고는 살인이다!

원청사는 뭘 노린건가
하청업체 폐업시키며
정규직 노조 길들이기 수작이던가
누군가는 일해야 하는 작업장인데
일하고 있던 노동자를 없애?

이거이거
누구의 대갈빡에서 나온 작품이지?
상시 고용불안에 떨게 하려는 작태?

하청노동자 정리해고의 칼날은 날카롭다
폭력갑질로 휘두른 날카로운 칼날의 칼 끝
자본가의 최종 목적지는
결국엔 정규직의 목숨줄 아니던가
그러니 정규직도 나서서 막자!
하청노동자의 정리해고를!

정년앞둔 노동자 산업폐기물취급?

어느날 단협 25조가 말을 걸어왔다.

안녕하신가?
나는 단협 25조야
노사가 합의해서 나는 존재하지
노동자는 나를 독소조항이라 하지만
자본가는 내가 있어 살맛이 난다해
이를테면 단협조항이 모두 쓴맛인데
유일하게 단협 25조는 단맛이 난다나?
여러가지 이유가 있것지?

가장 큰 이유는 노동착취를 할 수 있다는 것이야
그것도 합법으로 위장해서 말이지
어뎌? 자본가 입장에서 더 매력적이지 않나?
또하나의 커다란 이유가 있어

자본주의 이념은 오로지 이윤추구잖아
그 이념에 부합되는 2가지 줄기가 있어
하나는 물불 안가리는 노동착취고
또 하나는 노동력의 가치를 깎아 내리는 것이야
한마디로 요약해
노동혐오 사회의 연속성 그것이지
그 2가지 요건을 충족시켜 주는게 바로 단협 25조야

생산수단 가진 자본가는 정년이 없지만
노동자에겐 있지
단협 25조가 바로 그것이야
합법을 위장하여 자본가 맘대로 난폭성을 드러낼 수 있거든
마치 노사평화를 실현하는 것인양

봐봐
노동자의 정년을 60으로 묶어 놓고
1년간은 임금동결로
1년간은 10%나 임금삭감으로
노동착취를 해쳐먹을 수 있지
게다가 자본가를 더 기쁘게 만드는건
그속에 노동혐오 장치를 집어넣어 놨다는 것이야

64년생을 예로 들어 볼까?
3년 전까지만해도 당신은 산업의 역군으로 오르내렸어
정권과 자본에게 말이시
그러다 정년퇴직 2년을 앞두니
갑자기 산업전사가 아니라
산업폐기물 신세로 전락시켜버린 것이야

자본가계급 입장에선 임금피크제 그게 신의 한수였어
노동자 입장에선 노동력의 가치를 볼품없이 깎아내린 것이지
그럼에도 가만히 있더라?
그러니 자본가는 기세등등하게 노동자를 비웃고 있지
교섭권 체결권 힘을 가진 집행부를 구슬리니
알아서 자본가 앞으로 헤쳐모여 하니

당사자가 4천명이 넘어도 힘을 못쓰더라고
가열차게 투쟁해도 바뀔랑 말랑 할낀데
그러니 3년간이나 죽쒀서 개준 꼴이지

단협 25조를 바꾸려면
당사자의 단결력과 집행부의 투쟁력이 함께 어우러져야해
안그러면 절대로 바뀌지 않아
그거 아니?
단협 25조를 그대로 두면 줄줄이 64, 65년생 꼴 나는건 시간문제야
2025년이 현 단협 25조를 폐기시킬
마지막 기회라 여기고 가열차게 단결투쟁해

슬프게도 64년생은 올해가 마지막이야
내년이 있고 싶어도 없어
열심히 투쟁을 주도했던 63년생은 올해가 없듯이 말이야
그러니 내년이 있는 65, 66년생 당사자인 조합원이
똘똘뭉쳐 투쟁에 나서고
그 외 젊은 노동자도 결국 당신들 일이니
내일처럼 합세하여 투쟁한다면
그 견고한 단협 25조의 성(城)을 무너뜨릴 수 있어

그렇게 해야만 해
그렇게 하지 않으면 답이 없어
정년퇴직 앞두고 노동착취 안 당하려거든
말년 노동세월에 산업폐기물취급 안 당하려거든
꼭 단결해야 해
꼭 투쟁해야 해

꼭 그렇게 해야만 해

단협 25조를 폐기시켜야 해

그래야 노동조합도 살아 남을 수 있으니……

※ 현대자동차 단협 25조는 정년 관련한 규정이다. 만 60세를 정년으로 하고, 59세 때 임금을 동결하며, 만 60세에는 임금을 10% 삭감한다는 내용을 담고 있다.

대기업 비정규직 해고자와 설 명절

벌써 100일전에 생계비가 끊겼다
이미 100일전에 정리해고되었다
50여명 파견기업
원청사에서 계약해지 해버렸다
그 이유가 원청노동자에게 일자리를 넘겨준다는
그래서
하청노조도 원청노조도 부담스러워 하는
투쟁을 시작했다

해고는 살인이다!
부당해고 철회하라!
고용승계 쟁취하여 현장으로 돌아가자!

절박한 심정으로 모두 투쟁 머리띠를 불끈매고
복직구호를 외치며 달려온 100일 투쟁

지나니 설연휴가 앞을 가리고
부당하게 짤린 것도 억울한데
정규직은 모두들 양주머니 두둑히 명절휴가비에 상여금
양손엔 설선물 쥐고서 설쇠러 가는데
비정규직 해고자는 생계비도 끊기고
빈털털이로 설쇠러 가네요
대기업 비정규직 해고자들에게 설은 서럽다

정규직과 비정규직의 인간차별
원청과 하청의 노동복지 차별차별차별

설연휴후 울분을 모아모아
더 가열찬 투쟁으로
불법파견 철폐!
비정규직 철폐!
부당해고 철폐!
노동착취 철폐!
인간차별 철폐!

64년생, 올해뿐 내년은 없다!

64년생, 올해말 정년퇴직 내년은 없다
64년생, 올해가 마지막 기회 내년은 없다
노동자는
단결투쟁 않고 얻을 수 있는 건 뭐?
쪽빡 뿐이다
그러니 단결투쟁하자
단협 25조 개정투쟁에
국민연금 연계한 정년연장 투쟁에
뭉치자! 뭉치자! 뭉치자!

6월 4일(화) 16시 본관앞에서
노동조합 명운을 걸고 단체교섭 출정식 한단다
기회다 거기서 모이자 64년생 65년생
본관앞에 집결해 외치자
임금동결 폐기하라!
10%임금삭감 중단하라!
단협 25조 개정하라!
정년연장 시행하라!

66년생도 모이고 67년생도 모이고
단협 25조에 적용예고된 모든 조합원 모여서 외치자
노동착취 중단하라!
64년생 올해뿐이다 내년은 없다

65년생 내년뿐이다 후년은 없다
마지막이라는 결기를 모아
정년앞둔 노동자의 목소리를 내야 한다
87년 7월 노동조합 설립이후
우리는 깨닫지 않았던가
노동자는 아무리 생각해도 단결투쟁없이
얻을 것이라고는 쪽빡 뿐임을

이수기업 해고자

당신들 거기서 뭐하고 있나요
회사 다니고 있는 거 같은데
왜 출근 안하고
거기 그 차가운 시멘벽돌에 앉아 뭐하세요

우린 대기업 하청업체 다니는 노동자랍니다
원청사는 24년 9월말 갑자기 업체를 폐업시키고
업체는 우리를 집단해고 시켜버렸네요
갑자기 생존권이 박탈당하니 너무 황당하고 열받더라구요

우리는 모였어요
그리고 투쟁을 결의했지요
다들 가정을 꾸리고 있고
생존이 위태로운데 이대로 물러날 순 없잖아요

원청노조 찾아갔어요
거기밖엔 믿을 곳이 없더라구요
모두 처음 해보는 투쟁인지라 어찌해야 좋을지 몰랐죠
우리가 할 수 있는건 몸벽보 만들어 출퇴근 시간에 맞춰 선전전하는
것 뿐이더라구요
원청사 경비대가 수시로 감시사찰하니 자칫 언제 붙잡혀 공장 밖으로
쫓겨날지 알 수 없어요

불안정한 노동하다 짤리고
불안불안하게 투쟁하고 있는 이수기업 해고자
하루하루 지나다보니 어느덧 백일이 넘었네요

그사이 밖에서 투쟁하자고
공장안에서만 있으니 고립된다고
공장안 해고투쟁과
공장밖 해고투쟁으로 가르고
이어가는 이수기업 해고자 고용승계 복직투쟁

하청노동자라 무시해서 그랬겠지
비정규직 노동자라 멸시해서 쫓아냈겠지
원청노동자였으면
정규직노동자였으면
함부로 정리해고하고
함부로 내쫓았겠냐고

자본가는 25년 신년사에서 굳은 의지로 말하기를
위기에 맞서는 우리의 의지
지금 우리에게 필요한 것은 이순신 정신
위기를 기회로
당면한 악재 혁신으로 돌파하자
혁신의 시선 외부까지 글로벌하게
지난해 실적잊고 새로운 한 해 맞이해야
불가능의 영역 뚫어낸 정성과 노력

이 모든 말들의 숨겨진 단 하나의 단어 이윤

자본가는 그 이윤에 목숨건다
그러니 걸그적거리는 노동자 가만히 안둔다
그러는 이유가 이윤추구의 핵심이 노동착취니까

이수기업 노동자는 그렇게 당했다
이수기업 해고자는 자본의 덫에 걸려 그렇게 짤리고 말은거다
우리나라는 노동자를 그렇게 만든다
단결하고 투쟁해야 인간답게 살 수 있도록
정경유착의 힘으로 힘으로 그렇게 밀어붙인다
노동혐오의 조작질로

지구별 공해유발의 왕 인류 자본주의

여름 아무리 더워도 사자는 냉장고가 필요없다
갈길이 아무리 멀어도 뱀은 자가용이 필요없다
어느 새는 태평양을 건널지라도 비행기가 필요없다
다른 동물은 필요한 짐보따리 나르려고 백만톤급 배가 필요없다
오로지 인간이라는 동물만이
가까운 거리 가는데도 자가용이 필요하다
여름이 오기도 전에 냉장고가 필요하다
더운 걸 참지 못해 에어컨이 필수인 인류
느린 걸 참지 못해 더 빠른 기계를 만들어 내는 인류
이웃나라 다니는데 비행기가 필수다
더 많이 생산제품 더 많이 팔기위해 몇만톤급 배를 만든다.

지구별 환경파괴 생명체를 더 효율적으로 더 많이 학살하기 위해 이제
인공지능 무기까지 개발해 냈다
지구별 자연파괴 생명체 대량학살은 시간문제가 되었다.
오로지 인간이라는 동물만이

지구별 인류만이 공해유발자다
지구별 인류만이 환경재앙의 주범이다
지구별 인류만이 지구별 파괴자다
탐욕의 자본주의 사회를 작동시키는 주범도 인류속에서 탄생된다
오로지 인간이라는 동물만이

나의 다짐!

사원을 가족처럼?
실은 가축같이 대하는 기업에서
나는 무엇을 할 것인가.

87년 789 이후 37년 세월이 쌓였어도 여전한 노동착취 노동탄압
굴레속에서 나는 무엇을 할 것인가.

숱한 세월
한치의 변화도 없고 물러섬도 양보도 없는 당신들만의 자본주의 사회
에서 나는 무엇을 할 것인가.

노동자가 생산의 주역이라지만
기업은 자본가 것이었더라.
그러니 관두기전에 나가기전에
정년퇴직 당하기전에
노동자권리 찾자고 열불나게 나서보자.
단결하자고
투쟁하자고
소리라도 질러보자.
행동하고 실천해보자.
하다못해 침묵의 1인 시위라도 나서보자.
니미럴.

오늘 새벽 출근 길에

언론에서 보았다.
현대차 자본가가 러시아 공장 1조원 투입해 창업하고 13년 가동후 전쟁을 빌미로 가동을 멈추고 끝내 15만원에 처분했다는?

언론에서 보았다.
현대차 자본가 대표가 2023년 연말연시에 350억을 기부했다는?

1조원이면 1억 연봉 노동자가 1만년을 모아야 하는 돈이다.
350억원은 350년을 모아야 하는 돈이다.
탐욕의 자본가들.
그게 자기 돈이었으면 그렇게 쉬이 펑펑쓰겠는가?
50년전 창업이래 노동착취로 생긴 돈이니 지돈 아니니 그리 아무렇지도 않게 펑펑 날리지?

기업은 노동자 것이 아니다.
생산수단 가진 자본가 것이다.
노동자는 정년제도로 쫓겨나야 하지만
자본가는 자손만대 대물림되더라.

자본가에게 지돈은 없다.
오로지 노동자로부터 착취한 돈으로 생색낼 뿐.

2023년 12월 끝날 울산과학대 정문앞에서

저번에 올 때보다 더 야위어진 모습으로 청소노동자였던 할매는 거기
에 다소곳이 앉아 있었습니다.
벌시로 10년째
배움의 전당 대학교에서
청소하는 노동자라고 혐오하는지
사용자는 생활임금을 요구하는 노조원을 내쫓아 버렸습니다.
노동착취 하지마라!
인간답게 살고싶다!
노동조합 깃발아래 모여 노동 3권 보장하라 외쳤다고
가압류 8천만원.
사용자는 쓰레기 치우듯이 밀어내고 또 밀어내어 지하에서 건물 밖으
로 정문 밖으로 농성장 침탈로 강제철거 강제철거 당했습니다.

정규직과의 인간차별
비정규직의 억압착취
더이상 이렇게는 못살겠다고
더이상 이렇게는 못살겠다고

벽에 걸린 달력보니 2023년 12월 마지막날.
31일 날짜 아래에 붉게 붉게 쓰여진 청소 못한 날 3480일.

세상의 연말은 풍성해 보입니다.
2023년 마무리 잘하고 2024년 청룡의 해이니 복 많이 받으랍니다.

울산과학대 정문 농성장을 지키는 청소노동자였던 부당해고를 겪고있는 할매들에게만 씁쓸하고 추운 겨울 2023년 12월 연말인 듯 보입니다.

좋겠다!

좋겠다
자본가는 좋겠다
생산수단 가진 자본가는 좋겠다
벽에 똥칠할 때까지 살아도
살아만 있으면
월급도 주식배당금도 알아서 착착 챙겨주니까 좋겠다
연봉 1억 노동자가 천년동안 땡전한푼도 못쓰고 모아야 할 돈을
어느 재벌기업 자본가는 단 1년만에 벌어들이더라 좋겠다

좋겠다
자본가는 정년퇴직이 없어서 좋겠다
노동자에게만 정년퇴직이 있더라
59세 되니 임금동결로 퇴직준비시키더니
60세 되니 10% 임금삭감으로 강제로 퇴직시키더라
단체협약 25조에 정년이란 제도로 설정해 두고서

끝까지 노동착취냐?
자본가는 좋겠다
노동자를 끝까지 노동착취 도구로 써먹다 버리니 좋겠다
자본가는 좋겠다!
좋겠다 자본가는!

현대차는 품격있는 대기업이 맞습니까?

품격있는 종업원이 품격있는 현대차를 만든다굽쇼?

회사안 온천지 삐까리로 선전작업중이네요?

생산직 노동자에게 품격 좀 있으라고 강요중인가요?

품격을 가지고 자동차를 만들어야 품격있는 자동차가 생산된다는 겁니까?

생산직 노동자가 품격이 없어서 지겹도록 노동자가 출퇴근하는 시간에 보라고 품격광고를 끊임없이 디지털기기로 재생시키고 있는 겁니까?

묻겠습니다.

현대차 자본가는 품격이 있습니까?

그렇게 고귀한 품격을 갖춘 자본가가 불법파견 비정규직 고용으로 노동착취를 수십년 해먹고 있는 겁니까?

그토록 품격높은 사용자가 단협 25조를 바꾸지 않고 지속적으로 정년 앞둔 노동자를 노동착취 해먹고 있는 겁니까?

그렇게 품격있는 대기업이 촉탁직 노동자를 늘려 노동착취 해먹고 있는 겁니까?

어디 입이 있으면 답해보세요.

답좀 들어봅시다. 네!

그럼에도 비정규직이여 빛나라!

지금 이나라에서 비정규직은 무엇인가?
노동착취의 대명사다.
노동탄압의 으뜸이다.
인간차별의 총화다.

자본가의 거센폭풍으로 정신없이 당해왔다.
비정규직 노동자는 거기서 일자리 잃을까봐
해고 당할까봐
블랙리스트 등록되어
다른 업체에조차 취업 못할까봐
무서워서 두려워서
노동조합 만드는 건 엄두도 못냈었다.

비정규직 비정규직 비정규직
일용직 임시직 기간직 촉탁직 위장도급
이래저래 이래저래 갈라치기로
자본가는 노동자의 고혈을 빨아먹었다.

그럼에도 한방울의 물이 바위를 뚫는다.
계란으로 바위를 친다.

용기있는 노동자가 나섰다.
노동조합을 만들었다.

투쟁했다.
쫓겨났다.
1년째, 5년째, 10년째, 15년째
끝도없이 끝도없이 끝도없이
싸우고 또 싸우고 또 싸우고
노동착취 그만 당하고 싶어
생활임금 쟁취하고 싶어
인간답게 살고싶어서
오늘도 뭉치고 투쟁전선을 지킨다.
그리고 다시한번
비정규직이여 단결하라!
비정규직이여 투쟁하라!
비정규직이여 쟁취하라!
비정규직이여 빗발쳐라!
비정규직이여 몰아쳐라!
비정규직이여 빛나라!

끝내 비정규직 철폐 투쟁!

천민자본주의는 욕망덩어리

꿈을 가지란다
꿈은 이루어 진단다
어려서부터 헛된 꿈을 꾸게한다

희망을 품었다
졸부들
능력자들
열심히 따르며 삽질했었다
그러다보니 어느새 늙은이가 되어버렸다

부럽다
나는 많이 부럽다
부자된 능력자들 보면서 많이 부러운데
부러우면 지는 거란다

헛된 꿈 심어주는 건 천민자본주의
노동자는 노동자의 꿈을 가져야 할 거같다
노동자의 꿈은 무엇인가
노동자가 주인되는 사회
노동해방 인간해방의 나라 건설
그거다
그것이다
그것이어야한다

내 생존터 생존의 세월

누군가 나같은 사람을 무산계급이라 했다
날품판다고 노동자라고도 했다
가방줄 짧아도 굶주릴 수는 없었다
배곯아 봤는가?
배곯는다는게 하늘아래서 얼마나 빙빙도는 일인지 아는가
인생앓이 육순을 앓고서야 돌이켜보니 피터지는 생존터였다
일머리가 없으니 더했다
어려서부터 든 한생각 앞으로 뭘해 먹고 살아야 하나?

뼈 아픈 빈민골에서 중학을 졸업했으나 영어도 모르고 한문도 모르고
수학도 모르고 국어조차 몰랐다
벌어먹기위해 조선소 사환으로 일했었다
사원의 잡심부름꾼
80년대 초
월급 5만원
3년간 산업체 특별학급 공부는 뒷전
부지런히 출석하니 고교졸업장을 주었다
3년후 조선소 자동퇴사후 똥방위 받았고
그후 현대목재에 취업했다
시급 510원
눈치빠른 자는 현장에 가서 소품하나 뚝딱 만들어오니 시급 650원
왕초보만 510원
거기서 88년 초부터 98년 말까지 10년 다니다 회사가 말리면서 퇴직

붉은노동 _ 노동시   75

했다
　다시 뭐해 먹고 살아야 하나?

　울산에서 부산으로 용인으로 옮기며 살다가 목재 퇴직후 서울갔다
　취업자리 찾다가 교차로 보고 찾은 일자리가 은행 청원경찰
　월급 70만원 파견직 일자리
　그나마도 얼마못가 IMF구조조정으로 짤렸다
　일용직 노동 단역배우도 해봤다
　이것저것 직업전선 헤매다가
　2000년 5월 다시 울산으로 왔다
　도무지 나같은 사람은 먹고살기 힘든 곳이 서울이었다
　7월에 우연찮게 현대차 비정규직으로 입사했다
　무식했지만 고교졸업장이 도움되었다
　시급 2,100원 열심히 일했다
　어느새 가정을 이루고 살아 처자식까지 먹여 살리려면 그래야 했다
　하는 일은 자동차 뒷바퀴 축 엑슬기어라는 부품이 조립되어 라인을 타
고 흘러나오면 기계로 받아서 적재해 보내는 일이었다
　어느 해는 580시간까지 일해봤다
　주·야 10시간 막교대 힘들어도 어쩌랴
　먹고살려면 돈을 벌어야 하니 불법파견이고 인간차별이 극심해도 억
척스레 살아내야지
　힘들어도 열심히 일하며 살아야 했는데 2010년 3월 갑자기 정리해고
당했다
　2016년 11월까지 더 힘들게 살았다
　사기도 당해봤다
　건설현장 택배 주유소 새벽인력시장 부품기업 교차로 보고 찾아가며
닥치는대로 일해야 했다

대부분 일머리 없다고 짤리기 일쑤였다

아내가 신문배달로 돈벌이 하면서 친척에 생활비를 빌려가며 가까스로 생활했었다

그러다 2017년 6월 현대차 정규직이 되었다

7년 다니니 24년 12월말 나가란다

단협 25조를 들이댄다

시급 8,641원에서 10% 삭감된

시급 7,776원

1년 임금동결

1년 10% 임금삭감

그리고 정년퇴직?

고무를 끼우고 끼우고 끼우고 딱지를 붙이고 붙이고 10번의 손동작을 진행한 후 다 된 건 보낸다

그렇게 597번을 작업해야 하루 일과가 끝이 난다

12월말 정년퇴직 되고나면 1년 시니어 촉탁직으로 30% 노동착취 더 당하다

현대차에서의 생업노동은 작별을 고해야 한다

국민연금은 27년부터 나온다던데 100만원 남짓 그걸로 생계가 이어지려나? 여기서

다시 드는 걱정이 나는 무얼해서 먹고살아야 하나?

노동일과 그리고 365일

05시 새벽 어김없이
마을 산속 동축사에서 울려대는 에밀레 종소리에 놀라 잠을 깬다
비몽사몽 벌떡 일어나 앉아 피곤한 숨 고르고
주섬주섬 작업복 차려입고 출근한다
걸어서 10분
버스타고 10분
회사 정문 출입증 보여주고 통과
05시 50분
본관식당 정규직은 복지적용 500원 아침밥
비정규직은 2천원 아침밥
일터로 걸어서 20분
06시 45분 작업시작
목장갑 끼고 고무장갑 끼고 작업준비
연결된 기계장치를 타고오는 작업할 부품 덩어리
내 공정은 마무리 작업
고무를 끼우고 또 끼우고
딱지를 붙이고 또 붙이고
다 끝나면 한대 보낸다
두대 세대 네대…… 줄줄이
첫시간 161대
두번째 141대
세번째 154대
네번째 141대

모두 597대를 보내고 나서야 작업끝
첫번째 두번째 작업하고 점심먹기
시간 40분
식당으로 가는데 5분
기다리는데 5분
오는데 5분
나머지가 밥먹는 시간
후딱 밥먹고 양치하고 차 한잔하고
가장 바쁜 점심시간 지나고 오후작업
가족의 생존을 위해
열번의 손동작을 597회 반복작업해야 퇴근한다
피곤한 단순반복작업 365일
이것이 나의 삶 노동자의 인생살이

특특근!

단체협약 25조에 적용된다고 했다
24년에 65년생 임금동결이
64년생 10% 임금삭감이 적용된다고 했다
아니 10년전 선배들부터 그렇게 적용시켜오고 있었단다
지금 이대로 둔다면
10년후 후배들도 적용된다고 한다
줄줄이 줄줄이 노동착취 당하는 기분이 든다

내시급 8,641원
10% 삭감하니 7,776원
예를 들어 그렇더라
계산해보니 그렇더라
연봉1억 노동자에게 10% 임금삭감 처리되면 1천만원이나 손해보는
거더라
내 노동력 1천만원의 가치가 자본가에게 착취당하는거 같아 기분 나
쁘더라

노조에 기대어 봤으나 뻥치고 쌩까는 것으로 마무리되었다
단협 25조로 자본가는 계속해서 노동착취해먹겠다 하고 노조는 양보
해버린 듯하니
정년퇴직이 코앞인 내겐 더이상 희망고문일 터
단협 25조 개정투쟁은 자포자기
손해보는 10%의 임금을 노동을 더해 채우기로 했다

마침 토요일 2직 특근이 있었다

마침 생산량 부족으로 4시간 더 작업해야 한단다

한다고 했다

토요일 오후 출근하였고 15시 30분부터 작업을 시작해 8시간 후

24시 10분에 작업을 마쳤다.

8시간후 야식으로 도시락과 라면이 배급되었다

허둥지둥 짧은 시간 쑤셔넣고 새벽작업 4시간

정신이 몽롱하다

일요일 새벽 4시 20분에 4시간 작업후 퇴근했다

10% 임금삭감된 거 메워야 한다고 반장에 부탁했다

일 좀 시켜달라고

다른 곳에 지원가겠느냐고 물었다

가겠다 대답했다

4월 마지막주 일요일 새벽 파견노동 나간다

06시 45분에 작업시작 15시 30분에 작업 끝난다

물량부족으로 2시간 더 일한다

17시 30분에 일마치고 퇴근한다

2시간 작업엔 빵과 음료 간식이 나온다

저임금 장시간 노동

임금노예

2024년에도 여전히 자본가의 의도대로 작동되는 사회 같았다

노동문학의 한계점

노동시 노동문학 장을 열었던 선배분들
치열했던 노동생활이 힘겨웠던 걸까요?
백무산 시집 동트는 미포만의 새벽을 딛고
박노해 시집 노동의 새벽
젊은 시절 노조활동에 눈뜨면서 사보았던 시집
박노해는 박해받는 노동자 해방의 줄임말이라 알게되었고
백무산은 무산자계급을 말한다고 하는 이야기를 들었고
그래서 그분들의 시집을 애지중지하며 읽고 또 읽으며 가슴에 새기며
노동해방 사회를 향하여 투쟁! 을 외치며 다녔지요.
세월이 많이 흐르고 혁명과 노동을 노래하던 투사글쟁이들은 종교와
자연을 노래하고 환경문제를 더 내세우고 평화를 노래하는 글쟁이로 변
화된 인생길을 가더군요.
노동할 힘이 없어 노동을 떠나 깊은 산골에서 살까요?
노동하지 않아도 되는 삶
팔려나가는 시집 인세 만으로도 충분히 먹고살 수 있는 삶
그래서 누구는 걷는 독서로 누구는 강의에서조차 초기 시집 거론을 불
편해하더군요.
노동과 혁명의 글쟁이들의 오류는 자신의 잘난 글솜씨만 뽐냈을 뿐 후
배양성은 외면했다는 점.
그러니 그들만 잘나가고…

노동시간 단축

잠시 망설였다
이렇게까지 일해야 하는지
70년대에나 있었을 노동시간
그러나 결정했다 하기로

64년생 10% 임금삭감
정년퇴직 마지막 해에
단협 25조가 내 심정을 짓밟는다
보충해야겠다
일 있을 때 해야겠다

5월 4일 토요일 2직출근
15시 30분부터 작업시작
24시 10분에 작업종료

다시 5일 일요일 00시 20분까지 다른 일터로 이동
첨 해보는 일
잠시 배우고 단순반복작업
04시 20분까지 일하고 작업종료

다시 내 일자리로 가서 작업장 바닥에 누워 취침 시도
5일 일요일 08시 일어나 조장과 둘이서 작업시작
12시부터 1시까지 점심시간

17시 작업종료 귀가 그리고

6일 월요일 새벽 5시 일어나 출근
반복 반복 반복

자본가는 어떻게 하면 노동착취 잘할까 하는 대가리는 잘돌아 가지만
어떻게 하면
노동복지를 높힐까 하는 안은 허허벌판이다

그래
노동시간 단축이 필요하다
노동자가 인간답게 살기 위해서라도
노동력의 가치를 높이기 위해서라도
노동착취 덜 당하기 위해서라도
생활임금 쟁취하기 위해서라도
필요하다
필요하다
필요하다
노동자에겐 꼭 필요하다
투쟁을 해서라도
혁명을 해서라도
꼭 필요하다
노동시간 단축이

정년퇴직 214일전!
- 5월 말에 전하는 6월 투쟁 다짐글

정년퇴직 214일전!
아니벌써 5월 말?
내일부터 6월 시작

단협 25조 개정하자!
정년연장 쟁취하자!

지난 3년여 줄기차게 외치며 예까지 달려왔다
바뀐 게 없다
개정도 쟁취도 못했다
그럼에도 쉼없이 달려가보려 한다
노동자는 단결이다 투쟁이다
그냥 가만히 있으면 쪽빡 뿐이다
내 구호는 쪽빡말고 쟁취를!

이와같은 소문을 나는 들었다
그딴소리 들릴 때마다 뜬소문이길 바라면서
위원장 지부장 할만하구나 하는 생각도 들었다
들은 이야기로 보아 오래전 일들 같았다
어느 위원장이 자녀 결혼식했다는데
통장정리해보니 사용자가 3억원 입금? 헐!
어느 위원장은 자녀취업을?
어느 위원장은 부인 통장으로 2억받고 덤으로

업체받아 운영중?
어느 위원장은 폴리텍 이사장?
어느 위원장은 부인명의로 업체받아 운영?
더 파보까? 아니 그냥 모두 카더라 통신이기를.
또 어느 선배는 정년퇴직 없다는
사내업체 들어가 일하고 있더라
모두 능력이 탁월하다

나는 쥐뿔도 없다
나는 나혼자 발버둥치다 정년퇴직될 거다
찬밥신세될 게 뻔한데 나는 왜 1인 선전전을 멈추지 못할까? 바보 명청이라 그럴 수 있고

이유는 단하나
단협 25조는 4만 넘는 모든 조합원이 적용되는
노동착취법이어서다
누군가는 나서야 할 일이고
또 나같은 별종 하나쯤 있어야 될 거 같아서다

5월 말 2직출근하는데 햇살이 뜨거웠다
6월엔 더 뜨겁겠지?
6월에도 계획한대로 1인 선전전 이어갈 것이다

단협 25조 개정하자!
정년연장 쟁취하자!
여기에 하나 더 늘렸다
시니어도 조합원으로!

노동자는 단결투쟁 없으면 쪽빡찬다
단결투쟁으로 노동자 권리 쟁취하자!

5월 마지막 날 정년퇴직 214일전에
정년앞둔 한 노동자의 다짐글.

읽어 주시어 고맙습니다.
단결투쟁 정년연장 쟁취!
현장위원 수련회에서 지부장은 말했다.
요구는 정당하다.
목표는 명확하다.
거기 정년앞둔 조합원의 권리도 쟁취할 마음이 있는가.
단협 25조 개정 시킬 수 있는가?
정년연장 쟁취할 생각 있는가?

열길 물속은 알아도 한길 집행부의 꿍꿍이 속은 알길이 없으니 참 답
답한 노릇… 또다시 집행 2년후 쌩까고 뻥치는 결과초래가 걱정되기
에…… 64년생은 올해가 끝인지라……

미안해요. 비정규직!

2천년 7월에 대기업 하청업체 입사했어요
시급 2,100원 받고 일했어요
한달 노동해봐야 정규직의 3분의 1수준이었지만 가족의 생계가 시급
한지라 그런 일자리도 마다않고 일했어요
일하고 보니 정규직이 힘들어 꽁무니뺀 자리였지요
저에겐 힘들어도 감지덕지였어요
서른 중반에 들어간 일자리였어요
당시엔 주야 맞교대 근무
어느 토요일엔 저녁 8시에 출근해 아침 8시까지 일하고 다시 오후 5시
까지 또는 저녁 7시까지 작업하고 퇴근하기도 했었죠

비정규직인지 하청인지 개념조차 몰랐어요
누군가 나서서 비정규직 노동조합 세웠어요
그때사 알게 되었어요. 비정규직에 대하여
노동조합은 불법파견을 내걸고 투쟁했어요
저는 몰랐어요. 불법파견이 뭐예요?
먹는 건가요? 할 정도로 무식했죠
앞장선 노동자가 말해줘서 알게되었어요
비정규직도
불법파견도

2010년 7월 22일 대법원에서 판결 내렸데요
현대차 불법파견이라고요

저는 어리석게도 희망을 품기도 전에 짤렸어요

사직서 쓴 채 정리해고로요

저도 정규직될 희망 있을까요?

사직서 썼다고 희망50 절망50 이랬어요

소송금 130만원 내고 6년을 기다려 봤어요

대부분 비정규직 노동자가 입사 절차를 밟아 정규직되고 있을 때조차 저는 열외되고 있었으므로 암울해지는 현실에 직면했었죠

아내는 빚을 내서 근근히 생계를 이어가고 신문배달도 했어요. 자식들 커가는데……

우여곡절 끝에 채용절차 밟고 2017년 6월 5일에 정규직이 되었어요

1억 가까운 빚 갚느라 일만하고 살다보니 어느새 2024년 말에 정년퇴직하라고 예고장 날아오네요?

단협 25조가 적용되는걸 몰랐어요

59세엔 임금동결이래요

60세엔 10%나 임금삭감이래요

예전엔 미처 몰랐는데 당하고 보니 알게 되었어요

정규직의 임금인상분과 성과급 따위가 자본가의 이윤으로 주어지는게 아니라 비정규직 노동자의 노동착취로 주어진다는 것을요

불법파견으로 하청노동자로 일하다 정규된 일자리 대부분 지금은 원청사가 직접고용하는 비정규직으로 일해요

촉탁직이라는 이름으로요

노동해방이 안오는 이유

노동해방을 바란다
그러나 바라는 노동해방은 안온다
왜 노동해방이 안올까?

직접적인 이유가 있더라
노동자이면서 자본주의에 파묻혀 사는 노동자가 많아서다
노동자이면서 자신이 노동자인줄 모르고 사는 노동자가 많아서다

간접적인 이유도 있더라
어려서부터 받는 교육에 노동교육은 없다
자본주의 사회에 걸맞게 교육일색이다
자본주의 법기술자들 뿐이다
자본주의 운동기술자들 뿐이다
자본주의 글쓰기 기술자들 뿐이다
자본주의 그림 그리기 기술자들 뿐이다
자본주의 방송인 뿐이다
자본주의 언론사 뿐이다
자본주의 시인들 뿐이다
자본주의 연예인 뿐이다
자본주의 군대 뿐이다
자본주의 경찰 뿐이다
자본주의 정치꾼 뿐이다

온통 자본가계급 자본주의자가 넘쳐나는데
노동해방 사회가 올리가 없다

호화로운 자본가계급 삶
생존권 걱정에 피말리는 노동자의 삶

지주에 얹혀사는 농민들
건물주에 얹혀사는 노동자 인민들
희망이 있던가

일용잡부

노동자의 생존은 강건너 불구경 할 문제가 아니었다
당장에 처자식의 생계가 문제였다
부당하게 해고당한 후 어디다 하소연할 새도 없었다

새벽인력시장
안전화 챙기고 작업복 챙겨 새벽밥 먹고 향한 곳
이미 많은 사람들이 주민증을 책상머리에 놓고 대기하고 있었다
사람은 많고 일자리는 적고하니
내 일자리 있을까?
내 차례가 올까?
사람들 하나둘 불려나가고
남아있던 사람 서너명
초조하게 기다렸는데
새벽 5시에 일어나 버스타고 40분
07시까지 기다려도 안불려가면 없는거란다
그냥 집에 왔다
왕복 버스비만 날렸다
오래전 그날

정년퇴직 96일전!
자본가앞에 개돼지로 그마이 살고싶더냐?

자본가가 주는 선심성 특혜를
넙죽넙죽 잘도 받아드시는
그대들은 노조관료

자본가의 달달한 속삭임
자본가의 사탕발림
곧이 곧대로 주워담는 당신들은 귀족노조

자본가의 속내는 어떨까?
흐흐흐 통했어
역시 뇌물이 잘먹혀
하청노동자가 곧 정리해고 당한대도
윤석열 정권 퇴진 집회가 있다는대도
아랑곳 않고 회사 비용으로 가자는 해외여행
잘도 따라 가잖아
그래 당신들은 이제 노동귀족이야
생산직 노동자와는 차원이 달라
노조관료 입성을 축하해

회사가 큰돈 들여 사업부대표와 임원, 상집 구워 삶는데는
다 이유가 있지
현장탄압해도 모르는 척해
비정규직 노조 없애려는데 일조해

그리고 중요한 한가지가 더있어
바로 단협 25조야
그거 회사 입장에서 꼭 사수해야해
노조간부 노동귀족 만드는데
중요한 재원이 되거든

그동안 보아와 잘 알고있잖아
정년퇴직 2년 남긴 조합원들
부결운동 한답시고 길길이 날뛰어봐야
아무소용 없다는거
돈 몇푼 더 쥐어주면 언제나 가결로 화답한다는거
노동자 입장에선 꼭 없애야 할 단협 25조임에도
일반 조합원은 임금과 성과급 좀 더 올려주니
1차에서 바로 가결시켜 버리잖아
그게 바로 대중의 힘이지
그게 회사가 선심성 해외여행 보내는 이유고
뇌물 주는 이유야

투쟁하는 노조간부 말고
노사협조 잘하는 관료가 되어야지
평등은 없어 자본주의 사회는
본래가 불평등한 사회야
친자본 반노동 모르면 배워

회사 뇌물 받아 먹음으로써
이제부터 노동귀족이 된 것이야
생산직 노동자로 언제한번 노동귀족해보겠어?

노동조합 간부가 되어야만 가능한 일이지
그냥 눈한번 찔끔감고 받아들여
기회는 두번다시 오지않아

생산직 노동자로 정년퇴직되는 거보다
노동귀족해보다 정년퇴직되는 게 더 뽀대나잖아?
노조관료되면 회사가 꽃길만 걷게 해줄게
그러니 한눈팔지마
어용이란 소리 들려도 그냥 앞만보고 가는거야
노동귀족으로 살아
그러면 앞날이 창창할거야

사기꾼 자본주의는 그렇게 노동자를 개돼지로 만들더라
87년 7월 노동자 대투쟁 그리고 90년대 노동운동은
구속 수배 손배가압류로 진입하는 관문이었는데
오늘날 언제부턴가 노동조합 활동은
노동귀족
노조관료로 입성하는 등용문이 되어버리고 말았던 것

비참한 정년퇴직 예정자들

여기저기서 아우성이다
누구는 퇴직금 한푼더 받아 내려고
누구는 10% 임금삭감된 거 메꾸려고
이공장 저공장으로 특근없냐고
부탁 부탁 부탁

돈많은 자본가는 암암리에 부추기고
정년퇴직 앞둔 생산직 노동자는
특근 한대가리 더 하려고 발버둥친다

사내보유금 100조 쌓아놓고 느긋한 자본가
퇴직후 어찌 먹고사나 절박한 노동자

몸을 혹사시켜 언제 심장마비로 객사할지도 모르는 노동현실 속에서도
하루 또 하루
가족의 생존을 위해 새벽밥 먹고 특근 또 특근
그러다간 오래 못갈줄 알면서도
그카다간 오래 못살줄 알면서도

59세 임금동결되는
60세 10% 임금삭감되는
그 단협 25조를 없애야 한다

너무나 가혹한 노동착취
너무나 비인간적인 인간차별
비윤리 부도덕한 경영방식
없애야 한다
삭제되어야 한다
단협 25조를
단협 25조를
자본가만 배불리우는 그
단협 25조를

아슬아슬한 노동생존!

아슬아슬
아슬아슬
아슬아슬한 인생아!

대중가수 진시몬이란 가수가 부른 노래중
아슬아슬이란 노래가 있다
무슨 일인가
정년퇴직 100일 전
갑자기 그노래 후렴부가 정신속을 헤집고 다니니

아슬아슬
아슬아슬
아슬아슬한 인생아

60년 살아온 세월 돌이켜보니
참 많이도 아슬아슬한 노동의 세상을 보냈다
중학교 졸업하면서 시작된 노동자 생활
어느새 그 끝이 다가오는거 같아
씁쓸하다

강원도 평창에서 단양으로 제천으로 울산으로 부모님따라 살아온 세월
인생길 절반
다시 울산에서 부산으로 용인으로 서울로

젊은 시절 떠돌다 보내고 다시 울산으로
정착해 살다보니 어느새 60년 세월 가버리고 말았다

어려선 신문배달도 해보고
중학교 졸업후
조선소 사환으로 시작해서
식당일도 해보고
술집일도 해보고
은행경비도 해보고
아파트경비도 해보고
건설현장일도 해보고
택배운전도 해보고
화물차로 배달일도 해보고
중소기업 노동자도 해보다
초등학교 일용직도 해보고
안정된 직장 구하려다 구해진
현대자동차 하청업체
10년 잘 벌어먹었는데 또 나가라?
불법파견 투쟁하다 정리해고 당하니
블랙리스트
현대차 관련 그 어디에도 재취업 불가
이일저일 전전하다 사기까지 당하고나니
내인생 왜이러나 고난역경의 연속

그카다 한줄기 빛
여차여차하여 2017년 6월 5일 현대차 정규직 입사
한맺힌 7년세월 누구에게 어드메서 보상받으랴?

일하다보니 하염없이 흐른 세월 쏜살같이 가버린 시간 6년 끝

단협 25조가 안바뀌니 59세 임금동결 60세 10% 임금삭감 없애지도
못한 채 정년연장의 꿈도 물거품된 채 정년퇴직이란 이름으로 또다시 나
가라칸다

100일 후부틴 다시 시니어촉탁직이란 이름지어 비정규직으로 2년 더
다니란다.

이걸 고마워 해야하나?

현대차 사내하청업체 노동자들이 9월말 정리해고 당할 예정이다

아슬아슬한 노동자의 길

아슬아슬한 노동자 인생 길

아슬아슬한 노동자 삶의 길

언제쯤에나 오려나 평탄한 노동자의 길

아! 박노해

노동의 새벽이란 시집으로!
얼굴없는 시인으로!
사노맹 대표로!
혁명시인으로!
이름마저 박해받는 노동자 해방으로!
바꾸어 활동하며 유명세를 높이더니
잡혀간 감옥살이 9년
사형언도 무기징역 그리고 특사로 자유의 몸
고초가 너무 크셨나?
명상, 우주, 자연, 종교, 신비로움 속으로
혁명은 버리셨고?
노동도 버리심?
관념론 받아안고
변증법적 유물론 내려놓으심?

다시올 수 없나요 혁명시인이시여
다시올 수 없나요 노동시인이시여
아! 애처롭다 안타깝다 그 바뀜 그 변화
누굴 탓하리오
자본주의 굴레는 사적소유인 것을

다시 함께살자를 소환하면 좋겠다

2012년 10월 17일 22시 30분 경
현대차 울산공장 명촌주차장 철탑 중 한 곳으로
두 비정규직 노동자가 올라갔었다 그들은
불법파견 소송 대법승소 노동자와 당시
비정규직 노조간부였다

대법판결까지 났어도 사용자는 묵묵부답
불법파견 판결임에도 묵묵부답
열받아 올라간 거다 열받아

2010년 3월에 10년 다닌 나는 정리해고되어버린 나는
가족생계가 급선무라 다른 일자리를 전전하고 있어 간간히 소식만 들
을 뿐

추울텐데
배고플텐데
안쓰럽고 궁금해 얼마간 시간이 흐른 후 찾아간 그곳
건설노동자가 가서 널빤지로 공간을 만들고
차가운 비바람 막을 비닐막도 설치되어 있었다
그 좁은 철탑위
그런 고공농성을 해본 일 없는 나는
그들의 고통을 힘듦을 시간과의 싸움을
감히 상상조차 할 수 있으랴

그저 30미터 아래 땅에서 잘 지내는지
안쓰러운 마음으로 올려다볼 뿐

다시 얼마후 가본 그곳 철탑위
아주 큼지막하게 걸려있는 걸개그림 하나
압도되었다
입을 억세게 벌리고 서럽게 우는 듯하고
머리는 나뭇가지 형상을 하고
아래는 나무뿌리 형상을 하고
마치 송전탑에서 쏟아지는 몇만볼트 전기에 감전된 듯한
걸개그림 압도다 압도

함께 살자!
그 머리위에 쓰여진 날카로운 글자가 압권
불법파견인정!
비정규직철폐!
그 붉은 글씨는 뭉클
10년 넘은 지금 다시 함께 살자 소환하면 안될까?

얼마전 9월 말일부로 하청업체 하나를 통째로 날렸고
거기 일하던 비정규직 노동자 모두 정리해고
어째야쓰까
어째야쓰까
황급히 피난처로 삼은 곳 원청사 노동조합
다행히 받아는 주었지만 뭔가 심드렁한 분위기 이뭐꼬?

단 두 명의 비정규직 노동자가 오른 철탑

함께 살자는 절규가 통했나
전국에서 현대차 포위의 날을 정해 모여들었었다
그때는 되었는데 지금은 안되려나
함께 살자!
먹고살려는 젊은 노동자들이 감옥아닌 감옥이 된 노조공간을 피난처
로 삼아
고용승계를 요구하고 있는데
함께 살자!
함께 살자를 다시 소환해 주기를
전국의 노동형제들께 비나이다
비나이다 비나이다

한 강이 노동해방의 강이었으면 좋았을걸, 아니었네?

한국은 자본주의 사회라
한걸음 더 깊숙히 파고 들어 가보면
미국식 자본주의로 강제된 신식민지 사회라
여기서 육십여년 살다보니 알게된 것
문학에도 종류가 참 많다는 사실
책 읽기 좋아하는 내가 느낀 점
문학엔 민족문학 노동문학 자본문학이 상존하는 듯
자본문학이 99% 장악하고 있는 듯

노벨문학상 탔다고 유명세를 만끽하는 한강이라는 작가
난 그의 책 본 일이 없었다.
앞으로도 볼 일이 없을거 같다.
난 민족문학 노동문학에 관심 많으니

노벨은 폭탄 제조로 많은 돈을 벌었다지?
사람을 죽이고 자연을 파괴하는 폭탄.
죄책감에 유언
노벨재단 만들고 세상을 위해 유익한 일을 한 사람들에게 상금으로 주라고.
자본주의자 노벨 그가 남긴 유산으로 해마다 평화상 과학상 문학상 시상하고 한강이 받는 돈 13억.

여전히 세상은 더 성능좋은 폭탄을 만들어 그 폭탄을 가장 많이 지구별 인류 살육과 자연파괴에 쏟아붓는 나라가 미제국.

전쟁광 미국. 유대자본 핵심축!

4.3에 대해, 5.18에 대해 소설을 썼고 노벨상금 모두 독도 지키는데 쓰라 기부할 거라 언론에 도배되고
"전쟁통에 고통받는 사람들 아직 많은데 무슨 기자회견?"
이라며 거절했다는 소식 전해지다 느닷없이 포니정 재단 시상식엔 참석한다?

잠시 좋게 오해한 거 미안함.
한국을 대표하는 재벌기업 자본가 재단.
역시나 자본가의 힘. 대단해.
기자회견 거부하던 그녀가 2억짜리 상 주는 곳엔 참석하네?
한강이 난 민족해방의 강 노동해방의 강인 줄, 착각.
한강은 자본의 강줄기 속에서 흘러가는 자본작가였구나.
민족작가였음 했는데.
노동작가였음 했었는데. 아니었네?

꼭 천민자본주의를 잘 유지시키는데 공을 세워주는 자본주의 상 같으
다. 노벨문학상이.
자본가계급된 것을 축하한다면서….

한 강의 기적......?

몰랐다
이번에 알았다
오십대 어느 여성이 소설책 한 권으로 노벨문학상 받는 거 보고 느꼈다
"전쟁으로 죽어가는 사람들 많은데 잔치는 무슨 잔치"라 하던 그 여성이
어느 재벌기업 재단이 주겠다는 시상식엔 참석한다는 소식듣고는 느꼈다

자본가는 공업이나 상업 농업 유통에만 있는줄 알았는데 아니었다
그녀처럼 글쓰는 자본가도 있었다
또 누구처럼 노래 만들고 부르는 자본가도 있고
운동을 업으로 하는 자본가도 있다는 사실을 알게 되었다
아!
그러고 보니 이거 노동자 쪽수만 허벌나게 많은줄 알았더니 개인 기능
을 갖춘 자본가 또한 많으네?

아!
그렇게 광범위한 자본주의 세계관이 사적소유로 끌어 당기며 응집력
이 있으니
얼마나 강력한가

어쩌면 자본주의 사회만 영원히 지속될 거 같다
사적소유의 힘이 너무 강력하다
노동해방은 어쩌면 안올지도 모르겠다

그런 아슬아슬한 감정 속에서도
나는 꿈꾼다
노동해방 사회가 어서 오기를
인간답게 살고 싶은 노동자의 유일한 탈출구가 노동해방 사회 뿐이니
까

어떤 작가에게 물었다
작가님은 글쓰는 노동자입니까
아니오
아! 그럼 작가님은 글쓰는 자본가네요

나는 글쓰는 노동자다
당신은?

희망은 오는가

자본주의 사회라 한다 한국을
이유를 알지 못하지만 누구는
한국을 천민자본주의 사회라 했다

어쩐지 한국에서 태어나 육십생을 살아오고 있지만
노동자로 평생을 살았고 더 앞으로도 노동자로 살 수밖에 없는 운명을
타고났는지 그렇게 살아질 수밖엔 없어 보인다

어쩐지 아슬아슬한 나날의 연속이었지 희망은 싹트지 않았다

어쩐지 절망의 늪에서 허우적거리다 이렇게 그렇게 저렇게 다 늙어버
린 노동자신세

자본주의 사회
천박한 자본주의 사회
이 아슬아슬한 절망의 늪 속 노동자에게
있던가 희망은
오던가 희망은
실가닥처럼 아주아주 가느다란 희망이라도

* 현대차 비정규직 정리해고 고용승계 투쟁을 눈여겨보며 든 생각
* 이수기업 정리해고 21일째에 쓴 글

니네들의 역사관 교육관 세계관

일제시대였다면
친일파였을 니네들은
배우길 고따위로 배워가
고따위로 잘도 써먹고 있구나

두말하면 잔소리지
64년생인 나도
고따위 역사관 배우고
고따위 교육관 알고
고따위 세계관에 세뇌된 채 살아왔었지

어려서부터 빈민으로 살아왔고
커서 노동자가 되어 살면서
87년 7월 노동자 대투쟁을 겪었었지
이후 노동조합 활동에 뛰어들면서
70년 전태일 노동열사에 대해 알게 되었고
박정희 독재자가 다까키마사오라는
일본군 장교 출신임을 알게 되었고
왜 일본식 반공이념 군사교육 시켰는지 알게 되었고
1945년 9월 7일 맥아더 이름으로 남조선 전역에 살포되었다는 포고
령 1호를 접하고 일본 36년에 이어 이번엔 미제국이 점령국으로 침략하
여 남조선을 거저 집어삼켰구나 하는 것을 알게 되었고
제주 4.3 주민학살이 미군과 이승만 서북청년단 친일파들이 합작해

저지른 만행임을 알게 되었고

이어 보도연맹 사기쳐 남조선 전역을 누비며 집단학살 만행을 저지른 것도 알게 되었고

매국노들이 집필한 거짓왜곡날조 교육자료 말고

외국인이 중립입장에서 본 1950년 6월 25일 전쟁은 남침이 아니라 북침전쟁임을 알게 되었고

한반도에서 일어난 남북전쟁이 아니라 미제국의 철저한 북침전쟁 음모에 의해 자행된 조·미전쟁이었음을 알게 되었고

1980년 5월 18일

전두환 하나회 군깡패가 권력찬탈을 위해 광주민을 학살했다는 사실과 그게 결국 군사지휘권 틀어쥐고 있는 미군통치자의 묵인아래 자행되었음도 알게되었지

36년간은 일본군의 군홧발 아래 조선민이 짓밟히고 있었고

1945년 8월 15일 이후엔 미군의 군홧발에 한국민의 자주권이 짓밟히는 세월을 보내고 있음을

미군은 3.8선을 지키고 한국 매국노들은 토착왜구들은 미군을 혈맹이니 동맹이니하며 보호하고 있으니 참으로 희안한 나라 아닌가?

난 이렇게 왜곡날조조작된 현대사를 올바로 다시 학습하여 역사관 교육관 세계관을 바로잡고 살고 있는데

니네들은 뼈속까지 매국노라 그런가 아직까지 그나이 되도록 정신머리가 초딩일세?

당신들의 새로운 시작!

현대차 자본가는 새로운 시작을 거창하게 알렸다
2만 관중 모아놓고
친자본 대중가수 연예인 불러 유흥공연을 겸하면서

글로벌 누적생산
1억대를 넘어 + 1
앞으로 100년을 바라보며
다시 신발끈 조여매고
새로운 미래를 함께 만들어 가자고
2억대 3억대 생산해 내자고

현대차의 내일을 만들어 가자는데
함께 꿈꾸고 함께 도전하자는데
자본가의 뇌리속엔 있던가 노동자는?

한낱 부품취급이나 하고
물품취급이나 하고
당신들의 목표달성에 없어서는 안 될 귀중한 존재 노동자를 노예취급
이나 해대면서 뭘 함께 가고 함께 도전하자는 거냐?

함께 가자고?
단협 25조나 뜯어고쳐라!
인간차별없는 정년연장이나 시행해라!

불법파견 그만하고 비정규직 모두 정규직 전환이나 시행하라!
불파로 특별채용된 정규직들 인간차별 말고 대법판결 준용약속이나
지켜라!
부당해고 이수기업 해고자 고용승계 복직시켜라!

그게 생산의 주역 노동자와 "함께 가는 길"
이다.

노동해방문학 두 시인

두 시인이 있었습니다

본명 놔두고
박해받는 노동자 해방…… 박 노 해!
백만 무산자 계급…… 백 무 산!

노동의 새벽…… 박 노 해!
동트는 미포만의 새벽을 딛고…… 백 무 산!

두 시인이 낸 노동해방 시집 두 권
두 시인의 처녀작이자 출세작

여러 시집을 냈고
이미 유명세 탄 두 시인
수십년 흘러 늙어 그런가요
아님 노동자 아니라 사업자라 그러한가요
딴청입니다

그 노동자 억압시절 탄생시킨
노동해방문학을
그 걸작품 처녀작을
오로지 두 필자는 외면합니다
다시 노동해방 시 쓰는 게 두려웁니까

아님 그냥 관심 밖으로 밀어낸 건가요

두 시인이 손을 놓자
노동해방문학도 감쪽같이
사라지고 말았네요
안타까운 일입니다
가버린 두 시인

자본가계급의 나라!

경찰의 나라
자본가계급 나라
경찰은 민주노총 집회를 마치 불법집회로 규정하듯이
집회장소를 에워쌌다.
마치 노동자 집회를 포위하듯이
그래놓고 영상기로 찍는다.
멀리서는 망원렌즈로 사진을 찍는다.
합법집회 훼방놓는다.
밀고 들어오는 경찰… 여기는 노동자의 나라가 아니다.
여기는 자본가계급의 나라다.
경찰은 자본가계급만 위한다.
그리 말한다.

폭력경찰 물러나라!
폭력 쥴리콩 매판독재 타도!

* 24년 전태일 노동열사 정신계승 전국노동자대회 참가해보니.

누굴까

생명바쳐 세운 민주노조의 공든 탑을
야금야금 갉아먹는 활동가가 있다

민주노조 바로세우자면서
친자본 반노동으로 전진하는 세력이 있다

노동자를 위한다면서
자본의 노무관리와 물밑작업으로
민주노조 기세를 꺾어 버리는 조직이 있다

어쩌면 그것이 민주노조가 오래 못가는 이유가 아닐까
어쩌면 그것이 노동해방이 불가한 이유가 아닐까

이쪽이면서 그쪽으로 가는 활동가 누굴까
노동조직이면서 친자본 입장에선 조직은 어느 조직일까
참으로 궁금증 자아내는 노동의 밤이다

64년생,
정규직에서 비정규직으로 대기중...!!!!!

정년퇴직 36일 남겨두고 2직 출근하니
반장이 서류하나 작성하란다.
뭐지? 보니…… '숙련재고용' 지원서였다.

시니어 촉탁직 노동제도 적용되니 비정규직이다.
임금은 정규직 다닐 때보다 약 50% 축소된다.
그 외에도 자녀학자금 뿐 아니라
단협으로 보장되던 수십가지의 복지혜택도 사라진다.
정규직 노조는 자동으로 탈퇴되고
정규직 노조가입 절대불가로 비조합원 신분이 된다.

보호막이 사라지니 조합원과 달리 찍소리 못한다.
바람앞에 등잔불 같은
살얼음판 걸어야 할지도 모르는
비정규직 노동자 생활로 2년 동안 다녀야 한다.
노동착취와 인간차별로 비참하고 참혹한 2년이 될 거 같은데
난 그런 숙련재고용 지원서를 작성하고 제출했다.

27년 1월부터 준다는 국민연금.
25년 26년 꼬박 2년을 기다려야 하므로
손가락 빨 수는 없는 노릇인지라
가족 가정 생계를 이어가려면 뭐라도 해서 벌어야 한다.
몸뚱아리 힘 즉, 노동력 팔아 먹고사는 노동자이기에.

고용승계로 정년연장으로 되기를 바랬으나
자본가가 거부하고 노조가 투쟁을 포기해서 물건너 가버렸다.
게다가 시니어도 조합원으로!
규약개정 추진은 했으나
인간차별성 문건으로 대의원대회 제출되어 물거품이 되었다
엎친데 덮친격이다.
희망조차 사라진 내마음은
폐허가 되고 말았다.

2천명 넘는 64년생…
희망고문 다 끝나니 절망만 가득차게 남은 듯하다.
임금이 축소되니 많은 복지권리도 축소되니
절망의 끄트머리서 2년 착취노동 당하다 끝낼 인생살이.

25년 1월 2일부터 출근하면 비정규직이 된다.
말이 좋아 숙련재고용이지 시니어촉탁직 노동제도다.
노사합의된 문서를 보면 다니기 싫으면 언제든 그만둬도 된단다.
인간차별로 기분 더러워 그만두면 마치 짤린 듯하게 서류꾸며
고용보험이라도 타먹게 해주는 거란다. 참 친절도 하시다.
그런 친절 정년연장으로 하면 안되나?
그건 안된다고?
왜?
노동착취할 껀덕지가 사라지니 결사반대란다. 지미럴!

착찹한 기분드는 정년퇴직 36일전
이수기업 고용승계 투쟁 57일차

다시, 비정규직으로?

2000년 7월 현대차에 발을 들였다
비정규직으로
대기업이니 하청업체도 좋지않나 싶었다
개 뿔!
독립된 하청업체가 아니라
위장도급 불법파견 기업들
파견법 위반
제조업은 파견노동 불가
그게 법이었으나
현대차는 98년 구조조정으로 1만명 정리해고 후
우후죽순처럼 생겨난 파견업체들
먹고살려고 노동자는
그 일자리라도 취업

대기업이라 하청업체도 괜찮을 줄 알았건만
들어가 일해보니
불법파견에 인간차별에 노동착취라니
부러웠던 정규직 일자리

그나마도 불안정한 비정규직 일자리 정리해고
그리고 7년 세월 흐른 후에 정규직
체불임금 포기각서 쓰고 입사되니
첫단추 잘못 끼운 죄로 또다시 인간차별 노동착취

살림살이 좀 나아지려나 싶었던
정규직 7년
정년을 앞두고 2년차 노동착취
노사담합인지 집행부에서 투쟁포기인지
알수없게 정년연장 쌩까고 뻥치고
벼랑끝 정년퇴직후 시니어 2년
조합원 자격유지 애원했지만 부결로 화답
노동의 세월이 역행으로 마무리되려나
다시 비조합원 비정규직으로 밥벌이 신세
참담한 노동현실의 앞길
관료화된 노동귀족이
생산직 늙어가는 노동자에 가시밭길 걷게 만들어 주는구나

당신들의 끈은 안녕들 하십니까

25년엔 끈 떨어졌다
집행부에서
냉정하게 잘라버리고 말았다
정년퇴직자에게 조합원 자격 부여되면 큰일나는지
노동조합의 존립마저 위태로워지는지
집행부 표결자들 힘모아 부결로 완강하게 거부했다

정규직과 조합원이었던 생산직 노동자는
비정규직으로 비조합원으로 묵직한 '비'를 짊어지게하고 가시밭길 2년 걸어가라 했다
정규직과 조합원이라는 꽃길은 말끔히 치워버리고
노동착취 인간차별이라는 가시밭길을 열었다

찍소리 말고 2년 그 길을 통과해야
국민연금 인출되기 전까지 입에 풀칠이라도 할거란다
목구멍이 포도청!
하루벌어 하루 생존해야하는 노동자
불법파견 노동착취로 노동자 등에 빨대꽂아 쭉쭉 빨아 모은 돈
100조 넘치게 사내유보금 쌓아놓고
부를 누리는 자본가와 다르다

시니어도 필요한데
조합원 자격 필요한데

어처구니 없게도 박탈된지라 절망이다
알거지 안되려면 울며 겨자먹기라도 해야한다
어쩔수 없다

정년연장으로 가시밭길을 치워야 한다
단협 25조 바꾸어 인간차별 없애야 한다
규약개정해서 정년퇴직 후에도 조합원으로 남기를 희망한다
염원과 무관하게도
25년엔 끈 떨어졌다
정년앞둬 벼랑끝에 서있는 조합원 끈 싹뚝
집행부에서 힘모아 잘라버리고 말았다
정규직이라는 끈
조합원이라는 끈
다시는 이어 붙일 수 없는 끈
64년생은 그래서 내년이 없게 되었다

현대차 노사는
기필코 정년앞둔 노동자 비조합원 비정규직 신분 만들어 2년간이나
노동착취 인간차별로 부려먹다
불명예 퇴직하라고 등떠밀었다
해당자는 따를 수밖에 없다
먹고 살아야 하니까

당신들의 끈은 안녕들 하십니까
조합원의 끈
정규직의 끈이

끈 떨어지기 전에 투쟁하시라
정규직의 끈이
조합원의 끈이
끊어지기 전에

정규직이여 안녕!

기억한다 그날들을
서울서 가까스로 2년 살다가 울산 내려왔었지
그때가 2천년 5월
2개월 직장 구하다 우연찮게 얻은 일터
현대차 1차 하청업체
시급 2,100원
10시간 주야막교대 그
일자리가 불법파견인지
위장도급인지
비정규직인지도 모르고 무작정 들어가 일했다
네식구 가장으로서 가족의 생존을 책임져야 했으니까
그러다 죽는다는 말을 들을 정도로 일했었다

그 일터에 들어가 일한 지 4년 지나니
어느 용감한 하청업체 노동자가 나타나 비정규직 노조를 세웠다
그제서야 처음 들어 생소한 단어들이 궁금해졌다.
비정규직이 뭔지
불법파견이 뭔지
위장도급이 뭔지
용감하게 나선 그들 틈에서 희망을 보았다
정규직 전환의 꿈이 형성되었다
그래서 단결하고 싸웠다
용감하게 나섰던 수많은 노동자는

사용자가 고용한 구사대에 몰매 맞고
강제연행되어 쫓겨나거나 경찰에 넘겨졌다
사용자는 불법행위라며 손배가압류로 수백억씩 재갈을 물리고 해고시
켰다

난 10년 다니다 정리해고되었다
2010년 7월 22일 딱 두사람이 대표소송한 게 대법원에서 판결났다
현대차 불법파견!
수많은 노동자가 눈물을 흘리며 기뻐했고 환호성을 질렀다
회사는 서둘러 불법파견 흔적을 지우려고 애썼다
정규직 채용을 서둘렀다
줄줄이 비정규직에서 정규직이 되어 들어가 일했다
12년 14년 16년
노사합의될 때마다 수백명 수천명씩 정규직이 되어 갔으나 내겐 기회
가 오지 않았다
그렇게 정리해고 당한 지 7년이 되어갈 무렵 온 기회
노사합의된 거니까
부재소합의로 체불임금 포기각서 쓰면 신규채용 해준다는 조건을 수
용하고
2017년 6월 5일 정규직이 되었다
그리고 다시 꿈결같이 7년이 흐르니
정년퇴직하란다
64년생이 정년퇴직해야 하는 나이가 되었다고

곧 정규직 줄 끊긴다
다시는 오지않을 정규직이여 안녕
안녕!

25년 되니 바뀌고 있는 것

내가 정규직 정년퇴직 후 비정규직이 되었을 때
나보다 젊은 노동자들은 반장이 되고 조장으로 진급되었다

친자본 노동자는 늘어나고
민주노조 운동은 위축되고 축소된다

가열찬 민주투사들이 사라지니
어느새 노사협조 실리주의가 판을 치고
노동해방 외치던 투사들이 가버린 자리
어느새 노동혐오 투사들만 득세하니 개탄

민주투사들이 망하면 민주노조가 망하고
민주노조가 망하면 노동해방이 망하니
그자리에 그대로 득세하는 건 누구?
노동혐오자
실리주의자
자본주의자
어용세력
자본가계급

그래서 아직도 건재한 거겠지
이런 천박한 자본주의 사회가
자본주의만이 변함없음을 누리려고

자본가는 변화에 변화를 꾀하고 있는 거겠지

결국엔 숨겨진 본질 이윤추구로
숨겨놓은 본색엔 노동착취 인간차별로
변함없이 자본주의가 그렇게 굴러감을

맛!

자본가는 준비완료
감칠맛나게 준비완료
생산직 노동자에겐 젊은이를 공약하고
노조활동가에겐 현장조직을 공약하고

자본가는 준비완료
황홀한 맛으로 준비완료
생산직엔 완장의 맛으로
노동조합엔 귀족노동의 맛으로

어뗘 감칠맛이 좋지 않아?
어뗘 황홀한 맛이 죅이지?
감칠맛으로
황홀한 맛으로
취하고 또 취하게 해서리
자본가의 의도 이윤추구
그 반대 노동착취

잘맞는 톱니바퀴 굴리고 굴려도
고장한번 안나고
세월이 갈수록 자본가는
부자되고 갑부되고 재벌되고
노동자는 갈수록 쪼그랑방탱이 되고

자본가는 불철주야 돌고 돌아도 끝날줄 모르고
노동자는 노동의 새벽이 오기도 전에 끝나버리고

자본가는 준비완료
감칠맛 황홀한 맛으로 새상을 차리고
노동자는 쪼그랑방탱이 된 채 폐기처분되고

자본가는 준비완료
감칠맛 황홀맛으로 준비완료
언제나 새상으로 준비완료
자본가는 준비완료
자본가는 맛으로 승부한다

노동자에겐 그 끝맛은 엿같은 맛
쓴맛 아린맛
자본가가 이윤추구를 위해
노동자에게 던져주는 맛
그 맛!

자본가는 그렇게 노동자를 개고생 시킨다

정규직 노동자가 아니라
비정규직 노동자를
원청 노동자가 아니라
하청 노동자를
오늘도 불안불안 불안정 노동살이로

1945년 8월 15일
36년간 조선을 억압통치로 맹위를 떨쳤던 일본군사정권은 핵폭탄 두
방에 무조건 항복
조선의 통치권을 미군정에 넘겨주고 달아나버렸지
미군은 인천을 통해 대규모 병력 상륙시키고는 곧바로 한 일 맥아더 포
고령 1호 조선전역에 살포하고 다시 살벌한 미군정 통치가 시작되었지
민중의 저항이 심각해지자 미군정은 어디서 굴러먹다 온 개뼉다귀 같
은 이승만과 친일세력 서북청년단 앞세워 악마보다 더하게 학살통치로
초대 대통령으로 앉히고는 미군은 이승만 괴뢰정권으로부터 군사작전권
을 빼앗고 간접통치로 눈속임한 미국식 자본주의로 또다시 식민통치의
서막을 알렸지
북진통일!
이미 그어놓은 미소합작품 삼팔선
미제는 너무도 쉽게 조선을 침략점령하고 미국에 맹종하는 머슴 이승
만까지 부채질하니 이게 웬떡이냐 했을 터
마치 북에서 먼저 쳐들어 내려온 양 온갖 비밀첩보를 감행 북조선 남
조선 인민을 이간질하고 북조선에 사사건건 트집잡고 약올려 열받게 해

무력침공 한 것처럼 조작날조
　일본에 있던 미군의 사악한 작전망에 걸려 3년 국제전 치루고 원위치
로 정전협정

　미군은 이때다 싶어 미국내 군수산업 일본 군수산업 24시간 가동하며
군수물자 한반도에 투입
　미국 일본 군수산업 자본가만 벼락부자되게 만들고 남북 한반도만 개
작살

　50년대초 3년전쟁이후
　경제건설 우선이라며
　자본가의 이윤이 먼저라며
　노동자는 노예취급하며 저임금 장시간 노동으로 부려처먹고
　항의라도 할라치면 너 빨갱이지
　노동조합 노자만 꺼내도 너 좌익이지
　좌경용공이지
　사악한 독재자는
　그렇게도 그렇게도 노동자를 업신여기고 깔보기 일쑤였단다

　87년 789 노동자대투쟁 이후나 되어서야 단결된 노동자의 목소리를
노동조합을 통해 낼 수 있었지만
　사악한 자본가계급은 또다른 노동착취를 향하고 있었는데 노동자만
그걸 모르고
　있는 거 같더구만

　자본가계급은 경제를 조작하여 국가부도사태로 몰아가 다시 노동자만
억압당하게 만들었는데 지도부는 서서히 자본가계급 손아귀에서 놀아나

더만

　조합원들이 들고 일어나 어용세력 엎어버리고 민주노조 세우니 참으
로 교활하게도 이번엔 살금살금 구워삶더라

　넘어간 집행간부 자신의 안락한 삶을 위해 자본가에게 헌신하고 되돌
아온 건 생산직 노동자만 힘들고 지들은 편하더라

　서서히 그렇게 노동귀족이 되어가고 현장은 초토화되건말건 나몰라라
뒷짐지고 다니더라

　돈이나 몇억씩 받아 챙기고 하청업체 불하받아 사장소리 듣기도 하더라

　그렇게 주거니 받거니

　정년퇴직 앞둔 노동자 노동착취하게 해주고 바꾸자 소리쳐도 묵인해
주고

　비정규직 늘어나도 본체만체

　자본가랑 뒷거래 얼마나 크게 하면 그리 간땡이 부은 짓을 마다 않을꼬

　일용직이 늘어나도

　사내하청이 늘어나도

　비정규직이 늘어나도

　지금 있는 노조원의 고용안정만 지키자는

　비정규직이 부당해고로 고통당하건말건 니들 일 니들이 알아서 하시게나

　그러다 조만간 파멸하고 말걸 민주노조

　묵인해주고 봐주는 결과물로

　귀족노조 간부들 특혜라

　대신에 생산직 노동자만 힘들어지는 결과물인 거 이미 귀족노조에 길
들여졌으니

　그 심각성일랑 알리가 있당가

　생산직 노동자만 개고생하다 죽어나가는게지

정년퇴직 끝 날에

만감이 교차하는 오늘입니다
정년퇴직 끝 날입니다
오지않기를 바랐지만 오고야 말았습니다

먹고살려고 발버둥친 지난 날
아쉬운 심정속으로 스며듭니다
인간차별이
노동착취가
얼마나 사람을 비참하게 만드는지
얼마나 인간을 처절하게 만드는지
이미 17년간이나 비정규직으로 있으면서
불법파견 불법해고 당해보면서
온가슴 절절하게 체험하고 경험하고 느껴온 터라
더욱 그러합니다

정규직 7년 겪어보면서
이속에서도 여전하게 인간차별도 있고
노동착취도 있다는 사실을 알게되면서
싸움닭이 되고자 했었습니다

인간차별 노동착취가 모두 단협 25조 그속에서 나오는 거 같았습니다
단협 25조만 없애고 바꾸면
노동착취도 인간차별도 사라질 거 같았습니다

거기에 더해서
국민연금 지급기준을 정부가 자꾸만 높혀버리니
우리 같은 노동자 입장에선
정년퇴직이 다가올수록 더 절박하게 정년연장 문제가 다가왔습니다

단협 25조만 개정되면 모든 일이 순리적으로 풀릴 거 같았습니다
그래서 단협 25조 개정하자고 몸벽보 걸치고 나섰던 겁니다
되돌아보면 아무것도 바뀐 게 없이 끝이 왔네요
정년연장추진위 21년 8월 발족후
집행위원들과 함께 열심히 뛰었지만
노사의 완고한 결정권 앞에 총회의 가결앞에 우리의 염원은 물거품으
로 사라지고 말았습니다

오늘이 24년 12월 31일
오늘이 지나고나면 64년생의 인생길도 바뀌고 마네요
정규직에서 비정규직으로
조합원에서 비조합원으로
24년은 대형사고와 함께 저물어 가지만
또다시 25년 새해는 어김없이 오고야 마네요
절망의 늪속에서도 64년생은 열심히도 살아왔던 거 같습니다
앞으로 다가올 정년앞둔 조합원에게 바램은 열심히 투쟁해서 꼭 25년
엔 단협 25조 개정시켜 인간차별 노동착취 없앴으면 좋겠고 정규직으로
정년연장 꼭 쟁취되기를 바랍니다

대상포진 걸리고 정규직 끝!

너무 과로하면 생긴다는 대상포진이 내 살결에 왔네요

24년 12월 31일 정년퇴직 끝날에요

얼마전부터 몸에 이상증상이 일어났으나 피곤해서 그럴테지 하고 쉬면 괜찮아지겠지 생각했었는데 오른 팔에 물집이 생겨나고 살갗이 아파 왔어요

동네 의원 찾아가니 대상포진?

신경에 후유증이 남을 거라네요

모두 대상포진 조심하세요

오늘 오후엔 24년 12월말 정규직으로 마지막 활동으로 이수기업 해고자 고용승계 복직투쟁 92일차 선전전에 함께하고 마무리 짓고자 합니다

2010년 3월부터 2016년 11월까지

불법부당 정리해고 당해본 저로서는

이수기업 해고자 동지들이 가슴에 박힌 못같이 아픈 동지들인지라.

묵연 의연 초연

묵연… 입을 다문 채로 조용하게 일만하라?

이 천박한 자본가계급 사회에서 그리 살 수는 없지요.

자본가계급은 그렇잖아도 노동자를 업신여기고 무시하고 멸시하지 말입니다.

조용히 입닥치고 일만하면 생산의 주역 노동자를 당연히 공공연하게 지네들 노비로 여기지 말입니다.

부당한 거 무시 당하는 거 인간차별 당하는 거 노동착취 당하는 거 있으면 언성을 높혀 싸워야지요.

박기평 할아버지가 스무일곱날 젊은시절에 썼다던 노동의 새벽이란 시집에서도 노동자는 단결하고 투쟁해야 한다고 싸움닭이 되어야 한다고 쓰셨더만요.

의연… 의지가 강하고 굳세어 끄떡없다.

그라지요.

노동자는 악으로 깡으로 날강도같은 천민자본가에 맞서 싸워야지요 이길 때까지 말입니다.

초연… 얽매이지 않고 태연하게 느긋하게

보통수준보다 뛰어나게…

아직도 자본가집합체는 노동자를 개무시하고 개잡듯이 하고 있는데 말입니다. 태연하게 느긋하게 할 수가 없지요. 투쟁은.

생산수단 가진 자본가들이야 태연하게 느긋하게 행동하고 어서 배워왔는지 수준높게 뛰어나게 노동탄압하고 노동착취하더만요.

자본가야 돈많고 시간 많으니 책도 많이 보고 많이 배워 수준높고 뛰어날 수 있다지만 노동력 팔아야 팔려야 생존권 사수되는 노동자는 책볼 시간도 배울 시간도 없읍니다.

이 천박한 자본주의 세상에서 노동자는 그렇게 좆빠지게 일만하다가 늙어죽을 판일진데 사랑은 또 뭔 사랑타령이요?

노동자 운명

노동자 운명은 개척이다
노동자 운명은 두갈래다

자본가에게 선택당하는 운명
노동자 스스로 선택하는 운명

자본가에게 선택당하면 노예로 사는 운명
노동자 스스로 선택하는 운명은
노동자가 주인으로 살아가는 운명이다

자본가에게 선택당하는 삶을 살면
노동착취 당하고 자본가에게 순종하고 복종하며 살지만 쉽게 살 수 있다
불만만 없으면 되는게다

노동자 스스로의 운명을 개척하려면
자본가에게 노동탄압을 당하게 될 것이다
때로는 구속 수배를 당해야 하고
때로는 손배가압류도 해고도 감내해야지
학습도 해야지

아, 가혹한 형벌이여~

25년부터 2년간 노사는
정년연장을 거부했고
조합원 받기도 거부했다
도로, 비정규직!
아, 참혹한 노동현실이여~
아, 가혹한 형벌이여~

어느 조합원이 노비계약이라고 명명한 시니어촉탁직
자존심 강한 노동자는 재취업 포기하고
나처럼 가족생계가 더 위급한 사람은 일하기로

신분은 하루아침에 추락
노조원에서 비노조원으로
정규직에서 비정규직으로
삼사십 호봉에서 3호봉으로 추락
하향평준화되어버리는 노동자 임금
이런 비합리적인 노동착취는 불법아닌가

생산직 노동자가 생산하고 자본가의 이름으로 팔려나가는 누적판매량
1억대 돌파
수십년간 불법으로 비정규직 사용해 왔다고 노동착취해간 금액만큼
차량할인도 없었는데 그많은 이윤은 누구 호주머니로 독식되었을까

촉탁비정규직 사용한다고해도 차량가격이 그대로라면 노동력의 가치
만 떨어뜨리는 노동제도 아니던가
이런 불합리한 노동제도가 지속가능한 것은 무엇때문일까
의문을 풀길이 없다
아무도 답해주지 않아서

답답한 심정
추운 겨울날씨에도 이수기업 해고자들은 오늘도 고용승계를 외치며
현자노조 앞에서 선전전을 하고 있다
거기에 함께한다
오늘로 79일차 투쟁이다
정년퇴직 14일 남은 날에

붉은노동

붉은노을을 사람들은 보고
아름답다고 감동하던데
붉은단풍이 물든 산하를 보며
사람들은 아름답다고 감명받던데
붉은노동을 말하면
왜 더 많은 사람들이
노동은 붉으면 안된다고
지랄염병을 다 떠는가

노동은
붉은노을처럼
붉은단풍처럼
붉으면 왜 안되는가

노동이 붉은 건 지극히 당연한 건데
도대체 어느 부류가
붉은노동 말만 들으면
경악하며 경끼를 일으키는가

붉은단풍도
붉은노을도
붉은노동보다 더 붉지못하리라
더 아름답지 못하리라

왜냐고 묻는가 붉은단풍은
찬서리 오는 겨울이 오기 전에 사라지고
붉은노을은
칠흑 같은 어둠이 오기 전에 없어지지만
붉은노동은
생산수단 휘젓는 자본이 존립하는한 있으리니
노동은 붉어야 하리
노동은 붉어야 하리

붉은노을이 아름다운 듯
붉은단풍이 아름다운 듯
붉은노동도 아름다운 것

노동은 붉어야 하리
붉어야 하리 노동은

노동과 근로

어려서부터 근로자에 세뇌되었다
노동자란 단어는 듣지 못하고 자랐다
그래서 공장에 일하러 다니는 사람들은 모두가 근로자인줄 알았다

공장 담벼락엔 이유를 모를 글들이 새겨져 있었다
근면 자조 협동
학교 건물 높은 양끝엔 이런 글자가 씨벌겋게 쓰여져 있었다
반공 방첩

반공을 이념으로
근로를 사상으로
세뇌당하며 컸다

어느 회사 생산직에 면접보고 입사하니 근로계약서에 서명하라 했다
매년 3월 10일 근로자의 날이라며
정부에서 대대적으로 행사를 진행했었다

울산에서 방위병 받고 직장 찾다가 찾은 일터에서 10여년 일했었다
입사때가 88년 1월 내나이 스물다섯
 가방줄 짧고 일머리 없던 내가 구할 수 있었던 첫 직장은 나무로 가구
를 생산하던 곳

 90년대후

어느 위장취업한 학출과 만나 학습하면서
내 삶의 방향은 180도 바뀌었다
그때 알게되었던 노동과 근로의 차이
그걸 알게된 것만으로도 충격이 컸었는데
그들과 함께 학습한 전태일 평전
다시 쓰는 한국현대사
소외된 삶의 뿌리를 찾아서
노동해방 철학
완전한 만남
미군범죄사
노동자 글쓰기 모임

어느새 나도 노동운동에 몸담고
생소하고 듣기 거북했던 노동자란 단어가 지극히 좋아졌다

어용세력 몰아내고 민주노조 사수하자!
90년대
서슬퍼렇던 공안정국시절
나는 겁대가리 상실한 채 민주노조운동에 뛰어들었다
노동현실과 정치현실에 대해 많은 걸 겪고 알게되었다

한국노총 뿐이었던 그시절
민주노조운동이 활화산같이 타올랐고
전노협이 따로 건설됨과 동시에 3월 10일 근로자의 날을 버리고 5월
1일 노동절로 바꾸어 행사진행
정부는 불허
민주노조협의회는 강행

충돌 충돌 충돌

전노협이 민주노총으로 세월이 흐르면서 마침내 5.1 노동절이 공식화
된 지 오래건만
노동절이란 단어를 그리도 그려넣기 싫은가 달력마다 5.1 근로자의 날?
참내 그놈의 근로자 근성 노비근성

노동과 근로
나도 오랜세월 지난 후에야 지대로 알게되었다
노동은 주인이란 말로
근로는 노예란 말로 대비된다는 사실을
그래서 자본가는 또 자본가와 한통속인 정치권은 법전속에 노동자란
단어입력을 그리도 싫어함을

노동법 속에서 유일하게 통용되는 근로기준법
노동자를 근로자로 부려먹고싶은 자본가계급의 속내가 그대로 드러난

노동조합이지 근로조합이던가
노동 3권이지 근로 3권이던가
노동부이지 근로부이던가

노동자의 생활속에 깊이 파고든 근로자
한국 뿐이란다
근로복지공단
근로장려금
근로자문화제

어떻게 해서든 노동의 위력을 근로로 깔아뭉개려는 잡것들의 횡포가
아직도 건재하더라
노동해방 사회로 못가게 하려는 사악한 자본가세력의 반노동 음모가

다시 노동해방!

87년 6월 항쟁
87년 7월 노동자 대투쟁
들불처럼 노동조합이 생겨나고

천만노동자 단결투쟁 노동해방 앞당기자!

뭉친 노동자 구호는 노동해방
전국 방방곡곡에서 노동자만 뭉치면 들려오던 우렁찬 구호 노동해방
그러다 90년대 2천년대
전노협에서 민주노총으로
노동조합 덩치가 커지고 정치세력화로 민주노동당 생겨나더니
슬그머니 사라진 노동해방
자취를 감춰버린 노동해방

정규직에서 비정규직으로
자본가의 노동착취 인간차별은
변함없이 집요하게 진행되고 있건만
그저 일자리보존 노사협조가 자리잡은 지 오래
그사이 천만노동자는 2500만으로 늘었다지만
노동해방을 외쳤던
정규직 노동자 투쟁은 사라지고
온통 노동착취 중단 노동조합 인정 일자리보존 구호만 들려올 뿐
비정규직 노동자들의 절규만 아우성칠 뿐

일자리보존 급급한
임금인상 투쟁에만 힘쏟는
정규직 조합원 보호에만 집착된 노동조합
아!
언제오려나 노동해방 사회는
멀어져만 가는 노동해방 세상
힘모아 악으로 깡으로 다시한번 외쳐보자
노동해방!

제 3 장

생 활 시

성탄절 날에

신이 만들었다는 우주
신이 창조했다는 태양계
신이 생산했다는 생명체
신이 손수 흙으로 빚었고
생명을 불어 넣어 출생케 했다는 인간
우주에서보면
이 자그마한 지구별에서
신의 아들이 태어났다는 오늘 성탄일에도
사람들은 분쟁이 끊이지 않는다
나라간 전쟁이 끊이지 않는다
인류중 누군가는 지배계급이 되고 누구는 인민이 된다
누구는 자본가계급이 되고 누구는 노동자계급이 된다
누구는 금수저가 되고 누구는 흙수저가 된다
누구는 부자가 되고 누구는 빈민이 된다
누구는 독기오른 탐욕을 품고 살고 누구는 자비와 사랑을 내뿜고 산다
누구는 향기로운 인생을 살고 누구는 시궁창 같은 삶을 산다.

이 하나뿐인 지구별에서 분쟁, 전쟁, 학살, 살인, 억압, 착취, 갈취, 사
기, 오염, 혐오 그딴거 말고
평화, 공존, 자유, 평등, 자비, 사랑, 통일
그런거 넘치는 지구별 만들면 안되려나?

마을 술집을 지나치며

피곤에 지친 노동으로 퇴근길
야간작업 마치고 새벽 1시
노동자라면 모두가 잠든 시각에
마을어귀 젊은 술집앞
젊은 남녀들이 술에 취해 비틀거리며 희희낙락
젊음이 아깝구나
세월이 손해구나
노동해방을 향해
학습하고 단결하고
투쟁을 모색해야 할 시절에
이 천박한 자본주의를 강건하게
집결시키는 젊은 술집에서
향응에 쩔은 채
절망을 마시더라
절망에 취하더라

2024년 1월 28일(일) 새벽 1시경
토요특근 마치고 퇴근길에 본 술집을 지나치며 본 풍경

신은 누가 만든 것일까?

종교가 참 많더라. 이 지구별엔
신도 참 많더라.
최초로 누가 신을 창조했을까?
왜 만든 걸까?
천국가고 싶어서 만들었을까?
지옥가기 싫어 만들었을까?
복 받고싶어 만든 것일까?
불행을 피해보려 만든 것일까?
왕은 하늘에서 내리는 것
그래서 신과 왕은 동격체
왕을 신처럼 숭배하라!
그것이 봉건제 신
봉건제 사회에서 자본주의 사회로 바뀌었다
여전히 종교는 많더라
물신숭배!
조물주 위 건물주!
자본화가 되면서 신이 더 늘었더라
의인화된 무엇을 신이라더니
이제는 돈도 신에 합류 시켰더라
자본가만 신
귀족만 신
지배계급만 신
거기엔 없더라
천민, 빈민, 민중, 인민, 농민, 노동자는.

보자기

우리가 먹는 음식이 우리 몸이다.
우리가 먹는 마음이 우리의 감정이고 심정이다.
우리가 깃들이는 정신이 우리의
사상이고 이념이며 철학이다.

우리의 몸, 마음, 정신은 보자기와 닮았다.
부티나는 보자기에 똥을 싸면 똥냄새가 나고
생선을 싸면 비린내가 나며
꽃을 싸고 풀면 꽃내음이 보자기에 향기롭다.
먹는 게 몸이 되고 정신이 되고 마음이 된다.
그대는 무엇을 먹으며 살 것인가?
그대는 심뽀에다 무엇을 쌀 것인가?

세월은 약이 아니었다!

나만 나이드는 게 아니었다.
세상 모든 만물은 나이들어가고 있었다.
세월속에 쌓여 켜켜이 덮힌 먼지야 털어내면 된다지만
생명의 나이는 나이테 속에서 주름살 안에서 간지런히 살아있더라.
먹지도 못할 파뿌리는 지붕을 덮고
노동이 힘들어져도 못놓는 노동
무산자계급의 삶이더라, 팔자더라.
나이를 꺼꾸로 쳐먹느냐고
존심 꾸겨지는 소리 들을까 두려워
나는 오늘도 노동자철학 공부를 해보려 애쓴다.
세월이 약이라더니 약이 아니었다.
나이는 못속인다.

이 사진을 보니

둘다 웃는데 나는
슬프다
원주민은 튀긴 닭이 필요한가?
생존을 위해 필요한가?
튀긴 닭 한마리임에도 원주민은 웃는데
나는 슬프다

원주민이 두 손 가득 주는 건 다이아몬드
자본주의 사회를 모르니
다이아몬드가 얼마나 값나가는지 모른다

자본주의 사회에서 온 닭튀김 자본가는
닭튀김과 다이아몬드의 거래가
불공정함을 알면서도
마치 그래 닭튀김 하나는
다이아몬드 수백개의 가치가 있어라고 하는 듯
속인다
나쁘다
미국식 자본주의는

죽음이 온다면...?

우리는 인류
공교롭게도 이 지구별에서
수천만종의 생명과 물질중에
인간으로 태어났다오
인간으로 태어나고 자라면서
엄청나게 많은 사건과 사고를 보며 배웠죠
지구별 생명체는 무엇이나 나고 늙고 병들고 죽더구나를요
귀하지요
나를 생명으로 인간으로 생겨나게 해주신 분들
나를 생명으로 살아가게 해주는 공기 물 수많은 음식들
고맙지요
나와 인연맺고 같이 살아가는 가족들 이웃들

지구별 생명체는
이 지구별에 배우러 온 학생들
엄마가 날 키워주는 걸 배우고
학교에서 배우고 어린 시절
청소년기 사춘기를 배우고
청년시절을 배우고
중년시절을 배우고
늙어감을 배우고
힘들고 어렵고
즐겁고 행복함도 배우고

사랑과 자비 미움도 배우며

그렇게 한시절 한세상 배우다

어차피 생명체니 죽으러 가는 열차에 올라탔음을

그래서 죽기 직전에야 희노애락 가득했던

삶이란 인생이란 열차에서 내려야 할 때가 되었음을

감지하며 사람으로 태어나서 고맙고

나랑 함께한 모든 이들이 고맙고

나를 살게해준 지구별에 고맙다는 인사남기고

힘든 인생길이었지만 잘 살아 왔노라고

이 지구별에서 참 많은 것들 경험하고 체험하고 배우다 가노라고 웃으
면서 눈감을 수 있어야 참된 삶임을

참된 죽음임을

시는 어떻게 써요?

시가 뭐죠?
시는 어떻게 써야 하죠?
몰라요
문외한이에요
그래서 하나하나 배워보고 싶어요
시쓰기 가나다라부터
시창작 1, 2, 3, 4부터
배워보고 싶어요
시작법 어떻게 해야 하나요?
혁명시가 뭐죠?
민중시가 뭐죠?
노동시가 뭘까요?
하나도 모르겠어요
아무 것도 모르겠어요
그래서 시에 대해 가나다라부터
1, 2, 3, 4부터 학습해보고 싶어요

무식한 시쓰기

가방줄 짧은 이가 쓸 수 있는 시는 없더라
시쓰기는 고난도의 글귀의 예술성이 있어야 하겠더라
시를 쓰려면 문예창작과 국어국문학과 그런 먹물좀 먹어야 하든지
어려서부터 천재성을 발휘하든지
가방줄 짧더라도 똑똑하든지 해야겠더라
무턱대고 써본 시라고
전문가에게 보이니
이건 이렇게 고쳐보고
저건 저렇게 고쳐보라는 조언
결국 무턱대고 쓴 시는
시쓰기 기술자가 보기엔 엉터리에 불과
그리하여 없더라
가방줄 짧은 나같은 이가 써야 할 시는

낡아짐의 예찬

내게도 있었지
연두빛 시절이 있었지
분홍빛 시절도 있었고
초록빛 시절도 있었지
푸른 하늘을 날던 시절
뜨거운 태양 같은 열정을 품었던 시절

지나고보니 그건 헛된 꿈
이 천박스런 자본주의가 심어준 환상
돈없고 능력없는 천민의 생활속까지 파고든
성공자가 되라는 꿈
나같은 노동자에겐 사기꾼의 사탕발림이었어
어린시절 품었던 기대와 희망은 물거품처럼 사라지고
내나이 육십에 남은 건 노동으로 찌든 삶
천박한 자본가계급에 이리 치이고 저리 치이며 살아내다보니

어느새 이팔청춘 사라지고
찌그러지고 쪼그라져 볼품없는
노인성 질병만 가득찬
낡은 몸뚱아리되고 말았어

이 헛된 꿈에 허송세월 보내게 하는
천민자본주의 속에서 육십이 되어서야 깨달은 바 있으니

그건 바로 노동해방이야
생산수단을 가진 게 없고 가질 수 없는
이 노동자계급이 품어야 할
희망과 꿈은 오로지 하나
노동해방 사회를 건설하는 것이야

노동자계급이면 어서 모여서 해보자고
노동자철학 학습투쟁 단결투쟁 연대투쟁 나서보자고
그것이야
낡아지는 몸이지만
있는 힘껏 함께하고픈
노동자 정신으로 살아가고픈 인생길

산동네 사계절

봄
아주 어렸을 때에 산동네 살았어요
포장마차에나 쓰이던 그 천막재료로
산에서 톱질하여 나무기둥 세우고 얼기설기
집모양 포장 구해다 뒤집어 씌우고 집이라 했어요
입구는 낮엔 둘둘 말아 올리고 밤엔 내렸지요
방안엔 낙엽과 짚으로 만든 가마니때기로 깔았죠
온기없는 방의 밤
두터운 이불 깔고 두꺼운 이불 덮어도
봄이지만 냉기가 스멀스멀 온몸의 체온을 얼음장 만들었어요

여름
비가 내리면 온 방이 축축했어요
구멍난 천막천정에선 물이 떨어져 큰 바가지로 받았어요
우리는 비 안새는 구석에 쪼그리고 앉아 밤샜어요
밤에 잠못자 학교에서 졸았어요
무더운 날이 되면 방안은 찜통이 되었어요
비닐막사 틈새로 지렁이도 기어 다니고
방안으로 지네도 기어다니고
쥐도 밤새 찍찍거리고
밤엔 산모기로 낮엔 파리떼로
우린 물도 없어 잘 씻지도 못했어요

가을
뒷간일이 급하면 산속에 들어가 볼일을 봤어요
어디서 철통을 구해다
앞과 뒤를 뚫고 솥단지 걸어놓고
밥을 해먹었어요
반찬은 생선대가리와 배추 이파리 버리는 거 얻어다
끓여먹은 기억도 나요

겨울
여름엔 더워 잠못들고
겨울엔 춥고 배고파 잠못들었죠
두터운 이불속에서도 오들오들 떨면서 지낸 밤
굶주리고 헐벗은 어린 날의 시절 생각이 불현듯 떠올랐어요

당신들의 어린 시절은 어땠나요?

어머니의 봄날

갓 태어나 여아라고 논두렁에 버려진 어머니
아비의 폭력이 무서워 학교 문앞도 못가본 어머니
스물도 되기 전에 팔려간 어머니

지지리도 궁핍한 지아비 만나
자식낳고 억척같이 살아온 어머니
술독에 빠져살다가 돌아가신 지아비
폭력에서 해방되었어도 악몽꾸던 어머니

팔순이 되니 어머니는
고령자복지주택에 가시고
주간보호센터 다니시는데 행복하시단다
치매로 홀로 계신 어머니
고생했던 옛일을 모두 잊어가시는지
어머니는
어머니는
어머니는
지금이 봄날이랍니다
지금이 꽃길이랍니다
아!

직업에 귀천따위는 없다더라!

대통령은 권력으로 당당하더라
정치꾼은 정치로 당당하더라
언론기자는 기사로 당당하더라
글쟁이는 글로 당당하더라
검새는 검권으로 당당하더라
매국노는 매국으로 당당하더라
운동선수는 운동으로 당당하더라
연예인은 예능으로 당당하더라
예술인은 예술로 당당하더라

다들 인간의 권리를 누리며 당당하던데
사람위에 사람없고
사람밑에 사람없다 카던데
노동자만 기죽을 거 없다
노동자만 소심할 거 없다
다들 당당하게 사는데
노동자도 어깨 쫙 펴고 당당하게
자본주의 사회
노동자에게 생산수단이 없지
단결하고 투쟁할 가오가 없더냐
그러니까 당당하게
두주먹 불끈쥐고 당당하게

육백만원

오래된 전설 같은 이야기가 있습니다
내가 비정규직 일자리마저 잃었을 때
식구의 생계마저 막막할 때
친척들마저 외면할 때
용기있게 나서준 단 한 분
한효석 선생님

고교 국어교사하시다
전교조 투쟁에 함께 하시다
나이들어 퇴직하시고 논술책도 내시고
부천의 어느 산길에서 식당도 하시다
지금은 인천의 어느 시골마을에서
목이버섯 협동조합하시는 분

가족도 있고
생계를 짊어진 가장일진데
생판 모르는 남 내게
월 50만원씩 1년간을
생계비로 지원해 주셨나니
세상에 이런 사람 또 없습지요

이슬의 계절이나마 가고
찬서리의 계절을 맞은 인생길에서

한가닥 희망의 빛

아내는 나모르게 그날의 감동
오랜세월 이어이어
꼭 그 돈 갚아야 하겠노라고
열심히 이일저일 잡부노릇하며
조금씩 조금씩 십수년간 정성들여
모아 만든 600만원
이제 다 모았으니 갖다 드리구려

울산에서 인천
딸과 아들과 함께 찾아간 먼 길
반가이 맞아주시니
저녁 사드리고 건네준 작은 상자

한선생님
이건 제 아내가 오랜 세월 준비해 만든 선물이오니
꼭 집에 가서 사모님과 풀어보세요

딸이 전해드리고 안녕하고 우린 울산으로
몇시간 후에 온 한선생님의 답신

배달 끝나고 집에 와서 아내와 선물 상자를 열어보고 깜짝 놀랐습니다.
돈이 들어있을 줄은 상상을 못했네요.

우리도 월급쟁이를 해봤지만,
1년에 100만원 모으기가 쉽지 않은데,

사모님이 이 돈을 만드느라고 얼마나 고생이 크셨을까요?

아내가 오히려 고맙다고 하네요.
세상은 아직 살만한 곳이라는 것을 느낍니다.
그냥 드린 건데,
이렇게 챙겨주시니 나도 아내에게 생색을 내겠습니다.
고맙습니다.

꽃마음으로

어머님이 꽃그림 그리십니다
아흔이 가까우신 어머님이 힘없을 손으로
가지런히 섬세하게 꽃그림 그리십니다.
꽃마음이 아니면 못그릴 꽃그림을
어머님은 다정다감 정성을 다해
마음을 꽃에다 그림으로 담아냅니다.

꽃마음으로 살아오셨지만
꽃길은 못걸으신 삶의 여정
이제 세월이 무르익어가는 인생길에서
여정의 끝이나마 아름답게 아름답게 수놓으려
오늘도 어머님은
꽃마음으로 꽃그림을 그리십니다.

꽃마음으로 예쁘게 예쁘게 살아오신
어머님 우리 어머님
남은 여생 꽃길만 걸으소서
꽃길만 걸으소서

변창기 시집

붉은노동

초판인쇄 2025년 03월 25일 **초판발행** 2025년 03월 31일

지은이 **변창기**
펴낸이 **이혜숙**   펴낸곳 **신세림출판사**
등록일 **1991년 12월 24일 제2-1298호**

04559 서울특별시 중구 퇴계로49길 14,
    충무로엘크루메트로시티2차 1동 720호
전화 02-2264-1972   팩스 02-2264-1973
E-mail : shinselim72@hanmail.net

정가 15,000원

ISBN 978-89-5800-282-6, 03810